MARGIT SCHREINER

Haus, Frauen, Sex.

Franz kann es nicht fassen. Nach zwanzig Jahren Ehe, in denen er sich für seine Familie aufgeopfert hat, verlässt ihn seine Frau Marie-Thérèse. Den gemeinsamen Sohn nimmt sie mit, denn natürlich bekommt sie als Mutter das Kind zugesprochen. Das Leben ist ungerecht! Franz fühlt sich ausgenutzt, unverstanden, getäuscht und missbraucht. Wie konnte es so weit kommen? Warum hat sie nie etwas gesagt? Dabei hat er alles für sie getan: Eigenhändig ein Eigenheim errichtet hat er für sie. Aber jetzt, wo er arbeitslos geworden ist, geht sie. So sind sie, die Frauen. Verlassen ihre Männer für den erstbesten Konkurrenten, der ihnen mehr zu bieten hat ...

Franz ist verletzt, seine Welt aus den Fugen geraten. Er sucht nach Erklärungen, denkt nach, klagt an, rechtfertigt, zieht Bilanz. Schonungslos rechnet er ab, mit der Beziehung, den Frauen, dem Sex, mit allem, was zur gemeinsamen 20jährigen Geschichte gezählt hat.

»Über 200 Seiten geht der verbale Amoklauf, die Männer werden sich solidarisieren, während die Frauen ›selber schuld‹ und ›geschieht ihm recht‹ rufen werden - bis die einen wie die anderen herausfinden, dass es eine Frau ist, die ein furioses Stück Rollenprosa geschrieben hat, wie es ein Mann, politisch domestiziert und emotional verbogen, wohl nie hätte schreiben können.« *Henryk M. Broder, Der Spiegel.*

Autorin

Margit Schreiner, geboren 1953 in Linz, studierte Germanistik und Psychologie in Salzburg und ging 1977 für drei Jahre nach Japan. Als freie Schriftstellerin lebte sie danach zunächst in Salzburg und Paris, später in Berlin und Italien - heute wieder in Linz. Für ihr bisheriges Werk wurde sie u.a. mit dem Theodor-Körner-Preis ausgezeichnet. Ihr erster Roman »Haus, Frauen, Sex.« wurde von der Kritik hoch gelobt und war auch beim Publikum ein großer Erfolg. Ihre Erzählungen erscheinen demnächst als Taschenbuch bei Goldmann.

Margit Schreiner

Haus, Frauen, Sex.

Roman

GOLDMANN

Umwelthinweis:
Alle bedruckten Materialien dieses Taschenbuches
sind chlorfrei und umweltschonend.

Der Goldmann Verlag ist ein Unternehmen
der Verlagsgruppe Random House GmbH.

2. Auflage
Genehmigte Taschenbuchausgabe Februar 2004
Copyright © der Originalausgabe 2001 by
Schöffling & Co. Verlagsbuchhandlung GmbH,
Frankfurt am Main
Umschlaggestaltung: Design Team München
Satz: Buch-Werkstatt GmbH, Bad Aibling
Druck: GGP Media, Pößneck
Verlagsnummer: 45614
JE · Herstellung: Max Widmaier
Made in Germany
ISBN 3-442-45614-2
www.goldmann-verlag.de

Weißt du's *noch* nicht? Wirf aus den Armen die Leere
zu den Räumen hinzu, die wir atmen; vielleicht dass die Vögel
die erweiterte Luft fühlen mit innigerm Flug.

Rainer Maria Rilke: Duineser Elegien

1

Marie-Thérèse ist ja kein Name. Wenn schon, dann Therese. Heute nennen sie ihre Kinder ja alle Marlon oder Yvonne oder Sarah. Weil sie etwas Besonderes sein wollen. Aber davon wird so ein Kind auch nichts Besonderes, dass die Mutter in der Schwangerschaft eine Fernsehserie gesehen hat, in der die Hauptdarstellerin Yvonne heißt. Im Gegenteil! So etwas hängt den Kindern doch ihr Leben lang nach. Besonders den Mädchen. Da haben sie wer weiß wie exotische Namen, und dann passt nichts zusammen: Die Yvonne spricht den letzten Tiroler Dialekt, die Carmen ist blond und blass, die Brunhilde heult schon los, wenn du sie nur einmal schief anschaust. Und wenn du jetzt auf Marie-Thérèse bestehst, Resi, bleibst du trotzdem Kassiererin an der Supermarktkasse oder meinetwegen Schneiderin. Marie-Thérèse! Zwanzig Jahre habe ich Resi gesagt und auf einmal sollte ich Marie-Thérèse sagen. Glaubst du, das ändert etwas? Glaubst du, dass du davon selbstständiger wirst, wenn ich dich Marie-Thérèse nenne? Deine Vorgängerin, die Elfi, habe ich ja auch nie Elfriede genannt, obwohl das wenigstens ein normaler Name gewesen wäre. Da wollt ihr alle etwas ganz Besonderes sein, sensibel, emanzipiert, Persönlichkeitsentfaltung undsoweiter, und dann wisst ihr nicht einmal, was zu tun ist, wenn der eigene Sohn eine Sonnenfinsternis beobachten will. Ohne mich hättet ihr das gigantische Schauspiel damals doch gar nicht genießen können! Auf die Idee mit dem Fernglas, dem Karton und dem großen Blatt Packpapier wärst du nie gekommen. Weil ihr kein physikalisches Vorstellungsvermögen habt. Wenn man in den Karton ein Loch schneidet und eine Seite vom Fernglas durchsteckt, und wenn man den Karton mit dem Fernglas darin dann so am Gitter des Stadtplatzbrunnens befestigt, dass die Sonne von schräg oben durch das Fernglas fällt, und wenn das Blatt Packpapier auf dem Boden im Schatten des Kartons liegt, dann muss die Sonne als leuchtender Kreis scharf umrissen auf dem Papier zu sehen sein. Das Fernglas dient natürlich zur Vergrößerung. Mein Sohn hat das Prinzip damals sofort begriffen, während du nur wieder dein Glänzen in den Augen gehabt hast, als ob das alles ein Wunder wäre und nicht von Anfang bis Ende durchdacht. Solche Ideen fallen nicht vom Himmel. Und wenn man schon keine technische Begabung hat, dann muss man beobachten, wie andere die Probleme lösen. Das tut ihr aber nicht. Ihr gebt euch keine Mühe. Schaut mit glänzenden Augen mitten hinein in die Sonne. Aber darum habe ich den Karton, das Fernglas und das Papier ja auf den Stadtplatz mitgenommen, damit ihr nicht in die Sonne schauen müsst und trotzdem seht, wie sie langsam verdeckt wird vom Mondschatten; zuerst nur ein Fleck und dann mehr und mehr, bis sie am Ende fast verdeckt ist, ein dunkler Kreis mit einem Heiligenschein rundherum. Nie direkt in die Sonne schauen, das habe ich auch meinem Sohn gesagt, schau auf den Karton, habe ich gesagt, und er hat den Stand der Sonne und wie viel schon vom Mondschatten verdeckt war eingezeichnet, und dann hat er die Uhrzeit daneben geschrieben, damit er sich später erinnert, wie die Sonne gewandert ist und wie lange es gedauert hat, bis die maximale Finsternis erreicht war. Alle, die damals auf dem Stadtplatz versammelt waren, haben durch irgendwelche verrußten Gläser geschaut oder durch Filmrollen, aber ich habe euch gleich gesagt: Das nützt nichts! Die Sonne, die hat so eine Kraft, die verbrennt euch die Netzhaut in den Augen, auch wenn ihr durch ein verrußtes Glas schaut. Das habe ich euch ersparen wollen, weil sofort merkt man ja nichts, außer dass man vielleicht grüne Flecken sieht oder schwarze Flecken, grüne Sonnen oder schwarze. Dass die Strahlen die Netzhaut verätzen, das merkt man erst später, wenn es zu spät ist, manchmal erst Jahre später. Die meisten Menschen denken dann gar nicht mehr an den Tag, als der Fleck auf der Sonne immer größer geworden ist und der Stadtplatz sich fast unmerklich verändert hat. Zuerst waren wir ja noch fast alleine, weil die meisten Menschen haben nur die Uhrzeit der Sonnenfinsternis selbst im Kopf gehabt, die haben sich ja nicht klargemacht, dass nichts auf einmal da ist, sondern alles sich vorbereitet, nach und nach. Nichts kommt von nichts, alles geht seinen Weg, ist Gesetz und Notwendigkeit. Es gibt keine Zufälle, keine Überraschungen. Jedenfalls, mit der Zeit sind immer mehr Menschen auf den Stadtplatz gekommen. Da war die Sonne schon ein Drittel vom Mond verdeckt. Die Menschen sind zu uns gekommen und haben sich um uns herum aufgestellt und geschaut, was ich da gebastelt habe, damit ihr, ohne euch die Netzhaut zu verätzen, alles beobachten könnt. Es war eine seltsame Stimmung; gar nicht wie sonst, wenn so viele Menschen zusammenkommen. Irgendwie war es stiller als sonst. Dabei war nicht viel zu sehen. Ich habe zuerst gedacht: Der Himmel schaut ein bisschen anders aus als sonst, die Häuser schauen ein bisschen anders aus, die Berge ringsum schauen ein wenig anders aus, aber ich hätte nicht sagen können inwiefern. Höchstens hätte ich sagen können: Der Himmel, die Häuser und die Berge schauen fremd aus. Und ich selbst war mir auch fremd. So, als stünde ich gar nicht auf dem Stadtplatz und wartete auf die Sonnenfinsternis, sondern als säße ich in Wirklichkeit vor einer Leinwand und sähe einen Film, in dem ich mit anderen auf dem Stadtplatz stünde und auf die Sonnenfinsternis wartete. So ähnlich war es auch bei meiner Ohnmacht vor ein paar Jahren. Erinnerst du dich daran? Ich habe den ganzen Tag gesagt: Mir ist so seltsam, und dann auf einmal am Pichlingersee, nach dem Baden, bin ich umgefallen. Alles ist fremd gewesen und weiter weg als sonst. Die Menschen, der Himmel, der See. Die Geräusche waren gedämpft. Wenn die Farben und die Laute von den Gegenständen und den Lebewesen zurücktreten, wenn die Welt einen im Grunde nichts mehr angeht, dann ist das einerseits eine Erleichterung und andererseits fühlst du eine Fremdheit, die schon etwas Unheimliches hat. Weil der Mensch will ja Teil sein und teilhaben am Leben, er will dazugehören und nicht abseits stehen mit wohligweichen Gliedern. Damals habe ich zum ersten Mal das Gefühl gehabt, ich könnte sterben und würde niemandem fehlen. So ein Gefühl war das auch bei der Sonnenfinsternis voriges Jahr, als ich geglaubt habe, dass zwischen uns noch alles in Ordnung ist, obwohl schon längst nichts mehr in Ordnung war, wie ich heute weiß. Ich war so froh damals, dass ich euch den Karton mit dem Fernglas gebastelt habe, weil da habt ihr auf das Papier schauen können, und mein Sohn hat den Stand der Sonnenfinsternis eingezeichnet, und ihr habt nicht sehen müssen, wie sich die Welt um uns herum entzieht. Gelacht habt ihr sogar, weil die Sonne so schnell war auf dem Papier auf dem Boden, dass ihr gar nicht nachgekommen seid mit dem Einzeichnen des Schattens. Achtzig Prozent Sonnenfinsternis haben wir gehabt, von hundert Prozent hat sowieso niemand gesprochen. Trotzdem waren die Menschen enttäuscht, weil sie immer nur an spektakuläre Ereignisse denken, an völlige Finsternis mitten am Tag, an einen schwarzen Nachthimmel mit Sternen, an eine Art Stromausfall. Aber es war keine völlige Finsternis, es war immer noch hell damals, es war nur ein anderes Licht. Ein kaltes Licht war das. Das haben sogar die Tiere bemerkt. Als die Sonnenfinsternis auf ihrem Höhepunkt war, da war es ganz still. Kein Hund hat gebellt, und kein Vogel hat gezwitschert. Kein Tier ist über den Stadtplatz gelaufen oder geflogen. Die Tiere waren still und die Menschen auch. Mir ist direkt schwindlig geworden von dieser Stille und der Undurchdringlichkeit der Welt. Das kalte Licht, das da entstanden ist, hat nicht nur die Farbe der Häuser auf unserem Stadtplatz verändert und die Gesichter der Menschen und die Bäume und die Pflastersteine. Es hat alles verändert. Als ob die Welt von innen heraus eine andere geworden wäre. Und das, obwohl fast alles so geblieben ist, wie es immer war. Da war auch kein Wind, kein Windstoß, wie ich eigentlich erwartet hätte, alles war reglos, still, fahl, stumm. Alles war einfach nur da. Und es war unerträglich, dass alles einfach nur da war. Dann ist der Streifen

Sonnenlicht wieder breiter geworden, schnell ist das gegangen, unheimlich schnell, und da habe ich hineingeschaut in das Licht. Es war wie eine Schneeschmelze. Als ob die Eisberge am Südpol abschmelzten. Wohin, habe ich noch gedacht, wohin soll all das Wasser abfließen? Und dann habe ich mir die Bäche im Gebirge vorgestellt, die im Sommer Rinnsale sind und zu Sturzbächen werden im Frühling, während der Schneeschmelze, wenn sie braun und mit Getöse hinunterstürzen ins Tal, so dass du dein eigenes Wort nicht mehr verstehst, wenn du daneben stehst, und das hat keinen Anfang und kein Ende, sondern ist endlose Wassermasse, immer nur tosend und rauschend kopfüber in das Tal, und wälzt sich dahin und reißt alles mit, was sie auf ihrem Weg findet: Steine, Baumstämme, Kinder und Frauen, wälzt sich fort und fort, vom Berg ins Tal und tobt und rauscht und brüllt, und du hältst dir die Ohren zu, du erträgst es nicht mehr, aber es nützt dir nichts, du musst es ertragen, du musst es hören, es rauscht durch dich hindurch, es reißt dich mit, du stürzt kopfüber in enge, matschige Täler, wälzt dich breit und braun durch Ebenen auf ein Meer zu, das du nicht kennst.

2

Niemand hätte gedacht, dass das alles einmal so ausgeht. Alle haben uns doch bewundert. Zwanzig Jahre, so eine lange Zeit, und das soll jetzt auf einmal nicht mehr zählen? Zwanzig Jahre und der große Umzug in das neue Haus im letzten Jahr, und vorher haben wir gespart und alles vorbereitet – und dann ist alles fertig und so schön geworden – da gehst du weg! Kaum im Haus, schon wieder hinaus aus dem Haus, kaum den Garten umgestochen, die Bäume und Blumen gepflanzt, schon wieder weg. Du kannst nicht mehr mit mir zusammenleben! Das ist doch verrückt! Endlich ist das große Haus fertig, endlich hast du Platz, kannst machen, was du willst, da ziehst du aus. Hat dir ein Zimmer nicht genügt? Von mir aus hättest du auch zwei Zimmer haben können, ich hätte dir meines gegeben, weil ich brauche kein eigenes Zimmer, ich habe meine Werkstatt im Keller, und du hättest doch außerdem das Atelier auf dem Dachboden oben gehabt. Ein eigenes Atelier, immer hast du das gewollt, dann hast du es endlich bekommen – und da gehst du weg! Was wirst du denn jetzt haben? Du kannst dir doch alleine nichts leisten. Eine kleine Wohnung ohne Atelier wirst du haben. Ich darf sie ja nicht sehen. Du lässt mich nicht hinein. Ich darf nicht einmal sehen, wo du jetzt wohnst mit meinem Sohn! Unten im Flur habe ich einen Steinboden gelegt. Das hast du dir doch gewünscht. Immer schon. Einen Flur, hast du gesagt, mit einem roten Steinboden möchte ich haben, wenn ich mir so etwas einmal leisten kann. Weil du nämlich einen Onkel gehabt hast, der Pfarrer in Meggenhofen war, und der hat in einem gelben Pfarrhaus gewohnt mit einem großen Flur, und der Flur hat einen roten Steinboden gehabt. Siehst du, wie ich mir alles gemerkt hab, was du mir erzählt hast aus deinem Leben. Immer habe ich gedacht: Eines Tages bau ich der Resi ein Haus mit einem roten Steinboden im Flur. Weißt du überhaupt, was das für eine Arbeit war, den Steinboden zu verlegen? Du weißt es nicht, weil du ja nie darauf geachtet hast, was ich alles für euch tue. Denk an den Wohnzimmerschrank vor sieben Jahren, den ich selbst im Keller getischlert habe. Und damals war ich noch in der Firma! Jeden Abend bin ich hinunter gegangen in den Keller und habe an dem Schrank gebaut, und jedes Wochenende auch. Aber das war für dich immer nur selbstverständlich. Manchmal hast du sogar gesagt: Warum arbeitest du denn Tag und Nacht im Keller? Lass es bleiben, wenn es so eine Arbeit ist. Wir können uns doch einen fertigen Schrank kaufen, und wenn der zu teuer ist, dann gehen wir zum Flohmarkt, da bekommen wir immer etwas Preiswertes. Aber ich wollte deinen Wohnzimmerschrank nicht auf dem Flohmarkt kaufen. Ich habe gedacht, dass das für dich ein Wert ist, wenn ich ihn selber tischlere und wenn er nicht fertig gekauft ist. Aber dafür habt ihr ja keinen Sinn. Du hast uns ja auch nie eine Hose genäht oder ein Hemd, obwohl du eine Nähmaschine gehabt hast. Nicht einmal gekauft hast du sie für uns. Kauft euch eure Hosen und Hemden selbst, hast du gesagt, mir liegt das nicht. Ja, das hat dir noch nie gelegen, für uns etwas zu schneidern oder zu kochen oder die Wohnung schön zu putzen. Immer nur für andere, da könnt ihr arbeiten. So schöne Kleider hast du genäht, aber nie für uns. Kommt ihr denn nicht einmal auf die Idee, dass wir uns freuen würden, wenn ihr uns selbst eine Hose näht oder ein Hemd, und dass eure Kinder dann für später eine Erinnerung hätten an ihre Mutter. Dass sie später sagen könnten: Meine Mutter, die hat jede Hose und jedes Hemd, das ich in meiner Kindheit getragen habe, selbst genäht. An so etwas erinnert man sich doch ein Leben lang! Aber ihr schickt uns ins Kaufhaus, damit wir uns die Hosen und Hemden selbst kaufen. Kommt euch das nicht lieblos vor? Wir kaufen für euch Seidenschals zum Geburtstag oder zu Weihnachten oder zum Muttertag, die wickeln wir ein in Geschenkpapier und binden schöne Schleifen drum herum, damit ihr eine Freude habt. Aber die könnt ihr ja nicht zeigen. Keine Freude, kein Glück, nichts. Eine wie die andere. Ihr wickelt die Geschenke aus und streicht unseren Söhnen über den Kopf. Uns seht ihr nicht einmal an dabei. Ihr sagt höchstens: Schön ist das. Und dann legt ihr unsere Geschenke zur Seite und tragt sie kein einziges Mal. Du hast nie etwas annehmen können, weder die Geschenke zu Weihnachten oder zum Geburtstag oder zum Muttertag noch den selbst getischlerten Wohnzimmerschrank noch das schöne neue Haus, das ich für dich gebaut habe. Marie-Thérèse! Ich habe dich ja förmlich zwingen müssen, die Pläne für das Haus überhaupt anzuschauen. Komm, schau dir das an, habe ich sagen müssen, möchtest du die Küche nach hinten hinaus oder nach vorne hinaus, willst du ein Fenster im Bad oder nicht, reichen zwei Toiletten, eine oben und eine unten, habe ich sagen müssen, oder brauchen wir drei? Du hast mich verwundert angeschaut, als ob du noch nie gehört hättest, dass wir bauen, meistens hast du geseufzt, wenn du die Pläne angeschaut hast, und dann hast du gesagt: Mach, was du willst, Franz, mir ist es egal. So eine Gleichgültigkeit, weißt du, die nimmt einem alle Freude am Hausbau. Du hast es mir nicht leicht gemacht mit deiner Freudlosigkeit, deiner Gleichgültigkeit, deiner Herzlosigkeit. Und wenn ich nur ein Wort gesagt habe, dann bist du gleich ganz starr geworden und hast den schmalen Mund bekommen, den du immer bekommen hast, wenn man einmal anderer Meinung gewesen ist als du, weil das wäre euch am liebsten: immer der gleichen Meinung sein wie ihr, nur nicht abweichen, alles soll genau so geschehen, wie ihr das wollt. Das ist nämlich eure Tyrannei, und uns wollt ihr hinstellen als die großen Unterdrücker! Jedenfalls hast du den schmalen, verkniffenen Mund gehabt, genau wie deine Mutter, bevor sie zu keifen angefangen hat, und dann hast du gesagt: Ich wollte nie ein Haus bauen, Franz. Dass ihr das nicht merkt, was für eine Kälte da dahinter steckt, uns und unseren Kindern gegenüber, was für eine Kälte und Gleichgültigkeit. Ich entwerfe den Plan für das Haus, ich wähle den Baumeister aus, ich tue und mache und suche aus, und alles, was euch einfällt, ist: Ich will kein Haus. Und mein Sohn? An meinen Sohn hast du nicht gedacht. Was glaubst du, was das später für ein Wert für ihn ist, wenn er ein eigenes Haus hat. Abgesehen davon, dass es auch jetzt schon ein Wert für ihn wäre, weil so etwas zählt nämlich in den Augen der Lehrer, der Mitschüler undsoweiter, ob einer im eigenen Haus wohnt oder in einer Mietwohnung. Wenn er seine Freunde eingeladen hätte, und die hätten gesehen, dass er ein großes eigenes Zimmer mit Tür zum Garten hinaus hat, dann hätten sie ihn aber gleich viel lieber besucht. Vor seiner Gartentür habe ich selbst ein Stück Wiese zubetoniert, damit er seine eigene kleine Terrasse hat, und wenn dann einmal ein Freund bei ihm übernachtet hätte, dann hätten die beiden am nächsten Morgen draußen frühstücken können. So etwas kannst du heute aber lange suchen, einen Freund, bei dem du auf der eigenen Terrasse im Garten frühstückst, mit Blick auf den Bioteich, den ich auch selbst angelegt habe. Das bestimmt ein ganzes Lebensgefühl, so ein Haus mit Garten. Dein Sohn wäre bestimmt besser geworden in der Schule, weil er gespürt hätte, dass er etwas ist und dass seine Eltern etwas sind und dass er auch etwas erreichen muss im Leben. Wie soll denn einer, der in einer Mietwohnung lebt, das Gefühl dafür bekommen, dass es sich lohnt, im Leben etwas zu lernen und fleißig zu sein und etwas zu leisten. In einer Mietwohnung muss doch so ein Kind das Gefühl bekommen, dass es ganz gleichgültig ist, wo man wohnt, weil man kann jederzeit umziehen und woanders wohnen. Wenn man gerade Geld hat, hat man eine große Wohnung, hat man keines, zieht man in eine kleine. Und wenn etwas kaputtgeht, dann ruft man bei der Hausverwaltung an, und die schicken dann jemanden, der repariert es wieder. Aber so ein Haus, das ist etwas ganz anderes. Da bist du selbst verantwortlich, da musst du selbst dafür sorgen, dass alles erhalten bleibt und nichts kaputtgeht. Aber genau das ist es ja, was euch nicht passt. Ihr müsstet ein bisschen arbeiten im Haus und im

Garten. Wir können ja nicht alles alleine machen. Es reicht schließlich, wenn wir den Bioteich anlegen, wir können ihn nicht auch noch pflegen; alles hat seine Grenzen! Vor allem, weil wir ja die schweren Arbeiten machen müssen, das Umgraben, das Streichen, das Ausbessern und Reparieren, alles, was ihr gar nicht könntet, selbst, wenn ihr wolltet. Da werden wir uns nicht auch noch um die Rosenstöcke kümmern. Ein bisschen müsst ihr schon selbst tun, Marie-Thérèse! So ist das Leben, das kann euch niemand ersparen. Und bevor ihr für andere Leute arbeitet, könnt ihr ja wohl euer eigenes Haus in Ordnung halten. Du hättest ja einmal ein Kissen für das Wohnzimmer nähen können oder die Vorhänge. Du hättest alles selbst aussuchen dürfen, niemand hätte dir da reingeredet. Vorhänge, Polsterbezüge, Tagesdecken: alles ganz nach deinem Geschmack! Aber du wolltest ja nicht. Dir sind ja die Fremden lieber, die dich bezahlen wie einen Sklaven. Und komme mir nicht mit dem Argument, dass einer ja das Geld verdienen muss. Ich habe es satt, mir das dauernd anzuhören. Tag und Nacht habe ich dieses Argument in den Ohren: Einer muss ja. Wer soll denn sonst, wenn nicht ich? Wer soll das Haus denn bezahlen? Alles deine Worte, alles deine Ungeheuerlichkeiten. Da arbeitet man ein Leben lang, und keineswegs aus Lust und Laune, meine Liebe, da hätte ich etwas Besseres gewusst, als Außenlifte zu bauen, das kannst du mir glauben, dann gehen die Aufträge zurück, die Firma muss radikal abspecken, siebzig Prozent Entlassungen, man steht da: siebenundvierzig Jahre alt! Wer kriegt denn da noch einen neuen Job, das ist ja so gut wie unmöglich, und dann muss man sich zu allem Überfluss noch von der eigenen Frau sagen lassen, dass man das Haus, das man schon lange geplant und entworfen hat, gar nicht selbst bezahlt. Aber all die Jahre war es recht, dass ich bezahlt habe? Vor zwanzig Jahren, als wir uns kennen gelernt haben, da hast du überhaupt nichts gehabt, weder Geld noch eine ordentliche Arbeit, nichts hast du gehabt, und gekonnt hast du auch nichts, aber ich habe dich trotzdem genommen, weil das nämlich Liebe war. Du hast als Kassiererin in einem Supermarkt gearbeitet, da hast du kaum etwas verdient. Ich habe zu dir gesagt: So bleib doch daheim, das ist sinnlos, dass du dich um den Hungerlohn im Supermarkt aufreibst, aber nein, stur bist du ja auch, ich habe es nicht verstanden, aber bitte, so ein Ehemann war ich nie, der seiner Frau verbietet zu arbeiten. Wenn sie es für ihr Selbstbewusstsein braucht, habe ich mir immer gedacht, dann soll sie es machen. Aber den Preis dafür habe natürlich ich bezahlt. Ich habe keine Frau gehabt, die auf mich wartet, wenn ich abends müde heimkomme, die die Wohnung hübsch herrichtet, die etwas Schönes kocht und die ausgeruht ist, sondern ich habe eine Frau gehabt, die sich für einen Hungerlohn auslaugen hat lassen an einer blödsinnigen Supermarktkasse, nur weil sie nicht genug Selbstbewusstsein gehabt hat, einfach daheim zu bleiben. Auf den Hungerlohn hätten wir leicht verzichten können. Was du dort verdient hast, das habe ich damals in einem Monat an Benzin für meinen BMW verbraucht. Aber das hätte ich ja gar nicht sagen dürfen, weil dann hättest du wieder angefangen rumzuheulen. Geschont habe ich dich, von Anfang an. Von Anfang an habe ich immer aufpassen müssen: Was kann ich der Resi sagen und was nicht? Und so viel war die ganzen Jahre lang klar: Von deinem Hungerlohn hätten wir nicht leben können, weder zu zweit noch später zu dritt. Ich habe das Geld herangeschafft! Ich habe zwanzig Jahre lang bei der Außenliftfirma gearbeitet, für dich und später für meinen Sohn und für dich, obwohl ich etwas Besseres gewusst hätte, ich habe das alles zwanzig Jahre lang für euch getan. Und was habe ich davon gehabt? Nichts. Keinen Dank, keine Freude, nichts. Eine ausgelaugte Frau am Abend, ein lästiges Kind, irgendein Fertiggericht und eine schmutzige Wohnung, das war alles, was ich davon gehabt habe. Und obendrein habe ich noch schweigen müssen, habe nicht einmal sagen dürfen, wer da eigentlich das Geld nach Hause bringt und wer nicht, weil dann wärst du ja wieder beleidigt gewesen und hättest herumgeheult und hättest mir irgendetwas erzählt von Selbstständigkeit. Aber das war ja das Verlogene, all die Jahre lang: Selbstständigkeit! Dass ich nicht lache. Du warst nicht selbstständig und bist es bis heute nicht. Damals jedenfalls hättest du nicht einmal allein überleben können von deinem Supermarktlohn. Das war doch lächerlich, was du da verdient hast, und sogar bei der Arbeit hast du noch aufpassen müssen, dass sie dich nicht entlassen. Weil du nämlich überhaupt kein Talent gehabt hast zur Supermarktkassiererin. Das hast du selbst zugegeben! Du hast mir selbst gesagt, dass du einfach nicht schnell genug bist für eine Spitzenkraft, dass du den Überblick nicht hast, dass du dir nicht so schnell merken kannst, was die einzelnen Sonderangebote gerade kosten. Ich habe dich damals noch trösten müssen, wenn ich am Abend müde von meiner Arbeit heimgekommen bin. Resi, habe ich gesagt, das liegt daran, dass du einfach zu gut bist für so eine Supermarktkasse. Schau, habe ich gesagt, wenn du am Abend verzweifelt warst, weil immer bei dir die längsten Schlangen an der Kasse waren, schau, bei jemandem, der nichts anderes im Kopf hat, bleiben die verschiedenen Preise leichter hängen. Jemand, der sich für sonst nichts im Leben interessiert, der kann sich leichter merken, was jetzt ein Paar Frankfurter kostet und was ein Paar Debreziner. Resi, habe ich gesagt, dein Horizont ist zu weit für die Supermarktpreise. Im Grunde interessieren dich eben die Waschmittelsorten nicht und welche Marke gerade fünfzig Groschen mehr kostet als die andere. Neben mir bist du gesessen, abends, auf der Couch, den Kopf hast du auf meine Schulter gelegt, ganz verheult warst du, und genickt hast du bei jedem Wort, das ich gesagt habe. Dabei hast du ja noch nicht einmal in einem wirklich großen Supermarkt gearbeitet, weil dort hätten sie dich vermutlich bald entlassen bei deiner Langsamkeit. Das war ja mehr ein größerer Lebensmittelladen. Aber das habe ich dir natürlich nicht gesagt, weil sonst hättest du vermutlich wieder zu heulen angefangen. Gott sei Dank hast du dann wenigstens aufgehört zu arbeiten, als mein Sohn unterwegs war. Da war ich richtig erleichtert, dass du von selbst gekündigt hast, weil ich habe schon Angst gehabt, dass ich dir werde sagen müssen, dass ich das nicht dulde, dass du mit meinem Kind im Leib so einen Hungerlohnjob machst, bei dem du noch dazu den ganzen Tag stehen musst und dich sowieso überanstrengst. Hoffentlich, habe ich gedacht, kündigt die Resi von selbst, weil wenn ich ihr das sagen muss, dann geht die ganze Sache wieder von vorne los, dann heult sie wieder undsoweiter. Mein Gott, war ich erleichtert, dass du ausnahmsweise einmal von selbst etwas Gescheites getan hast. Und es hat sich dann ja auch gezeigt, dass ich Recht gehabt habe. Natürlich warst du wie ausgewechselt, als du endlich einmal nicht den ganzen Tag hast herumstehen müssen in dem saublöden Mini-Supermarkt. Auf einmal waren Blumen auf dem Tisch, die Wohnung war so halbwegs geputzt, sogar kochen hast du gelernt in der Zeit. Damals hast du auch zu nähen angefangen, weil du Zeit gehabt hast, und weil der Mensch natürlich nur auf neue Ideen kommt, wenn er Zeit dazu hat. Das habe ich dir übrigens auch schon immer gesagt, aber du hast es ja nicht glauben wollen. Immer habe ich zu dir gesagt: Hör auf mit dem blöden Supermarktjob und bleib daheim, dann fällt dir vielleicht auch etwas ein, das du machen könntest, das mehr bringt als der Supermarkt. Irgendetwas, das dir Spaß macht, das dich ausfüllt, das dich glücklich und fröhlich macht, weil, habe ich zu dir gesagt, wenn du glücklich und fröhlich bist, dann machst du auch mich glücklich und fröhlich. Aber du hast dir ja noch nie etwas sagen lassen. In der Zeit der Schwangerschaft hast du dir noch am meisten sagen lassen. Obwohl die meisten Frauen ja da angeblich sehr empfindlich sind. Bei dir war es genau umgekehrt. Mit dir hat man erst richtig reden können, als du schwanger warst. In dieser Zeit hast du mir auch von dem roten Steinboden im Pfarrhaus deines Onkels erzählt, und dass du in den Sommerferien zu ihm geschickt worden bist und dass du dort gespielt hast, du wärst eine Prinzessin, weil das Pfarrhaus einen großen Garten gehabt hat mit einer gelben Mauer rundherum und einem

Goldfischteich in der Mitte, und du als Kind geglaubt hast, nur Königskinder wohnen in so einem großen gelben Haus mit einem Garten mit einer gelben Mauer rundherum und einem Goldfischteich in der Mitte. Jedenfalls hast du erzählt, dass du in dem Garten herumgegangen bist, an der Mauer entlang, und um den Kopf hast du ein Handtuch gebunden gehabt, das war im Spiel dein langes Haar, und am Teich hast du gestanden und hast die Goldfische mit Brot gefüttert. Da habe ich mir gedacht: Die Resi ist eine Prinzessin, und eines Tages baue ich ihr ein Haus mit einem Garten und einem Teich in der Mitte. Und im Haus lege ich ihr einen roten Steinboden im Flur. Das habe ich mir damals geschworen, als du schwanger warst mit meinem Sohn. Ich gehe jetzt zum Chef, habe ich gesagt, und rede mit ihm über eine Gehaltserhöhung, und das habe ich auch getan, und der hat mir das Gehalt wirklich erhöht, und einen Bausparvertrag habe ich abgeschlossen, und gespart haben wir für das Haus, und zwanzig Jahre lang habe ich in der Firma gearbeitet, obwohl ich etwas Besseres gewusst hätte, als Außenlifte zu bauen, und nie habe ich mich beschwert, immer habe ich meine Arbeit getan und alles, was gut war für die Familie. Fast zehn Jahre lang habe ich alleine das Geld verdient, weil in den Supermarkt bist du nicht mehr zurückgegangen, und die Schneiderei hat ja erst in den allerletzten Jahren überhaupt etwas hereingebracht, vorher war es ja nur eine Investition. Und du weißt, wer da investiert hat: Ich habe investiert. Wer hätte denn sonst in dich investieren sollen? Geld habe ich hineingesteckt in deine Bügelmaschine und in die Nähmaschine, in den Knopflochdrucker und deine Scherenkollektion und zum Schluss in das Atelier. Den Dachboden habe ich ausgebaut. Das ist eine Investition für das Leben. Zwanzig Jahre lang habe ich in der Firma gearbeitet. Dass sie fast bankrott gegangen ist, dafür kann ich nichts, das weißt du, aber eines sage ich dir: Wenn du glaubst, es jetzt so hinstellen zu können, als hätten wir alle von deinem Geld gelebt, seit ich entlassen worden bin, dann täuschst du dich gewaltig. Niemand lebt hier von dir, meine Liebe. Das sind alles noch meine Investitionen, von denen wir leben. So alt kannst du gar nicht werden, dass das, was ich in dich hineingesteckt habe, getilgt ist und dass dann noch etwas übrig bleibt. Nichts bleibt übrig ohne mich, gar nichts. Und abgesehen davon, dass wir keineswegs von deinem Geld leben, weil das Geld, das du verdienst, immer noch das Geld ist, das ich in dich hineingesteckt habe, abgesehen davon habe ich auch noch meine Arbeitskraft in dieses Haus investiert. Ich habe ja praktisch alles allein gemacht, seit ich entlassen worden bin. Weißt du überhaupt, was das heißt? Weißt du, was heute die Arbeitsstunde von einem Tischler kostet, von einem Installateur, einem Bodenleger, einem Elektriker? Natürlich weißt du das nicht, weil du weißt ja gar nichts über das Leben, du kennst dich ja nur bei den Stoffen aus, sonst hast du keine Ahnung. Wenn ich dir das ausrechnen würde, was ich an Arbeitsstunden in dieses Haus gesteckt habe, und wenn ich dir dann ausrechnen würde, was welche Arbeitsstunde jeweils kostet, und wenn ich dann noch ausrechnen würde, was ich zwanzig Jahre lang verdient habe, und wenn ich das dann dem gegenüberstellen würde, was du jetzt seit fünf oder sechs Jahren verdienst, dann würdest du sehen, dass es ein lächerlicher Betrag ist. Seit Jahren schweige ich dazu, wenn alle sagen, was ich für eine tüchtige Frau habe, welch ein begabter Mensch du bist, wie viel Geld du verdienst mit deiner Schneiderei, was für einen Geschmack du hast, wie fleißig du bist undsoweiter. Ich schweige, obwohl ich es besser weiß. Ich weiß schließlich, was ich in dich hineingesteckt habe, all die Jahre, an Geld, aber auch menschlich. Du hast dir doch nichts zugetraut am Anfang. Wenn es nach dir ginge, dann stündest du heute noch an der Supermarktkasse. Nie hast du auch nur einen Funken Selbstvertrauen gehabt. Das habe ich doch alles für dich gemacht. Resi, habe ich zu dir gesagt, als ich gesehen habe, was für ein schönes Kleid du für die Nachbarin genäht hast, vielleicht solltest du es einmal mit der Schneiderei versuchen. Schau, habe ich gesagt, so ein schönes Kleid hast du für die Nachbarin genäht, mach das doch öfter, dann spricht es sich herum. Das ist doch besser, habe ich zu dir gesagt, als sich an die Kasse von irgendeinem Supermarkt zu stellen und sich dort für einen Hungerlohn fertigmachen zu lassen. Auch wenn du mit dem Nähen nicht reich wirst, so tust du wenigstens etwas, das dir Spaß macht. Und die Nachbarn sind uns verpflichtet, wenn du gut bist und billig, und das ist immer gut, wenn man eine gute Nachbarschaft hat. Nein, hast du gesagt, das kann ich nicht, ich würde mich jedesmal, wenn ich einen Auftrag annähme, fürchten, dass ich es nicht schaffe. Ich hab immer so eine Angst, hast du gesagt, dass ich etwas falsch mache. Weißt du, hast du gesagt, das sind ja Stoffe, die sind nicht billig heute, wenn ich einen Abnäher falsch nähe, dann muss ich den Stoff selbst bezahlen, das würde ich nie machen, dass ich ein schlecht sitzendes Kleid verkaufe. Das mache ich nicht, hast du gesagt, und darum ist es ein zu großes Risiko für mich, so einen Auftrag anzunehmen, und ich würde garantiert in der Nacht schlecht schlafen, hast du gesagt, aus Angst, dass ich ein Kleid verderbe. Du verdirbst es ja nicht, habe ich zu dir gesagt, du hast so einen guten Geschmack, habe ich gesagt, und du bist so sicher mit der Nadel, dass du das Kleid gar nicht verderben kannst. So habe ich auf dich eingeredet, bis du ein wenig Selbstvertrauen gewonnen hast. Jedesmal am Anfang, wenn du einen Auftrag übernommen hast, war es das gleiche Theater. Immer hast du Angst gehabt, immer habe ich auf dich einreden müssen, immer hast du am Ende mit dem Kopf genickt und angefangen mit der Arbeit. Und heute stehst du da, und die Leute sagen: Die Marie-Thérèse, die ist aber tüchtig, die Marie-Thérèse, die näht aber schöne Kleider, die Marie-Thérèse, die verdient aber viel Geld. Glaubst du, ich weiß nicht, was hinter meinem Rücken geredet wird, besonders von den Weibern, mit denen du dich am Mittwochabend immer triffst? Der Franz, sagen die doch hinter meinem Rücken, der ist halt jetzt der Hausmann, und die Marie-Thérèse verdient das Geld. Der Franz, sagen sie, der liegt ihr ziemlich auf der Tasche. Der wird ja zu einer Belastung für die Frau. Glaubst du, ich weiß nicht, was die reden? Und sie reden so, weil sie alle miteinander nichts im Hirn haben. Weil wenn sie etwas im Hirn hätten, dann könnten sie sich ja leicht ausrechnen, wer hier wie lange das Geld verdient hat und wer in wen jahrelang investiert hat, und wer wen aufgebaut hat, und wer seine Arbeitskraft in das Haus investiert hat, das die gnädige Frau ja nie wollte und aus dem sie jetzt ausgezogen ist. Ich könnte dir eine Rechnung aufmachen, da würdest du mir aber einiges schulden, und wenn du so weitermachst, dann stelle ich die Rechnung auch eines Tages aus. Da wird der Richter staunen, wenn er die Rechnung sieht, und dann wird er nicht mehr die Augenbrauen hochziehen, weil ich nicht bereit bin, dreitausend Schilling Unterhalt für deinen Sohn zu zahlen, sondern dann wird er dir noch eine Rückzahlung aufbrummen. Die Hälfte des Hauses hast du bezahlt? Das ist doch lächerlich! Tu doch nicht so, als ob du so viel Geld mit dem bisschen Nähen verdienen würdest, dass du die Hälfte von so einem schönen Haus bezahlen könntest. Deine Mutter wird es dir zugesteckt haben, weil die hat mich noch nie leiden können. Die steckt dir heimlich Geld zu, und offiziell heißt es dann, das hast du verdient. Und selbst, wenn du es verdient hättest, hättest du es ja nur verdienen können, weil ich vorher in dich investiert habe. Finanziell und menschlich. Weil ein Psychologe war ich ja auch für dich. Ohne mich wärst du doch immer noch an der Supermarktkasse, ohne mich hättest du nie den Sprung geschafft zur Schneiderei, ohne mich hättest du kein einziges Kleid genäht, weil du es nicht gewagt hättest. Ohne mich hättest du doch zweimal in der Woche in die Therapie gehen müssen. Kein Selbstvertrauen, kein Mut, keine Kraft. Immer nur depressiv, immer nur so ein Gesicht. Immer nur alles halb gemacht: halb staubgewischt, halb abgewaschen, halb geputzt. Nie etwas ganz, nie etwas fertig gemacht. Das war ein psychologisches Problem, das ich da gelöst habe, und das müsste man auch auf die Rechnung schreiben, wenn die Weiber in deinem Club sagen: Die

Marie-Thérèse hat die Hälfte von dem Haus bezahlt, sie hat ihm das Geld geschenkt, sie hat ihm das Haus geschenkt, sie verzichtet auf jeden Unterhalt für sich, er nützt sie aus. Glaubst du, ich weiß nicht, was die sagen? Ausgenutzt! Unglaublich! Wer da wen ausgenutzt hat, das liegt ja wohl auf der Hand. Ihr saugt uns aus, finanziell und menschlich. Solange wir noch etwas bringen, nehmt ihr es, und kaum sind wir arbeitslos, verlaßt ihr uns. So seid ihr nämlich, ihr nehmt und nehmt über die Jahre, gebt nie etwas zurück, keine saubere Wohnung, kein schönes Essen, keine Hose, kein Hemd, kein Dankeschön, keine Freude, nichts, immer nur Angst und Unsicherheit, und kaum geht es euch besser, kaum fruchtet das jahrelange Zureden ein bisschen, kaum ist der Sohn so halbwegs raus aus dem Gröbsten, kaum sind wir entlassen, geht ihr fort. Kaum passt es euch nicht mehr, wie es ist und wie es läuft, ist alles aus, alles wie nie gewesen, alles umsonst, alles ohne Rechnung, alles vergessen und vorbei. Und die Leute schütteln den Kopf. Aber nicht über euch, sondern über uns, weil sie nicht wissen, was da gelaufen ist all die Jahre lang, weil wir nämlich zu niemandem etwas gesagt haben von eurer Unselbstständigkeit und Unsicherheit. Die Leute denken ja nicht nach. Die Leute denken, das kostet nichts, so eine Hausschneiderei. Aber da täuschen sie sich. Was wissen denn die Leute, was heute eine Nähmaschine kostet, die endeln kann und Zickzacklinien nähen und Zierknopflöcher, und was so ein wirklich gutes Dampfbügeleisen kostet? Die meisten Menschen wissen ja nicht einmal, was eine richtige Schneiderschere kostet. Ein halbes Vermögen! Und das hätte ich sehen mögen, wie du das allein geschafft hättest. Jahrelang an der Supermarktkasse, um dir das Geld für eine Nähmaschine zusammenzusparen? Und dann? Wann hättest du denn genäht, wenn dich in der Zwischenzeit nicht jemand ernährt hätte? Wie hätte das denn gehen sollen? Tagsüber Supermarktkasse und nachts nähen? O nein, das hättest du nicht geschafft. Es gibt Frauen, die so etwas schaffen, aber zu den Frauen gehörst du nicht. Das sind Frauen mit Selbstbewusstsein, Frauen, die hart sind im Nehmen, nicht so wie du, dass sie gleich herumheulen, wenn ihnen etwas nicht gelingt, und dann bekommen sie Kopfweh oder Kreuzschmerzen. Nein, du bist eine, die muss gut behandelt werden, sonst bringt sie nichts. Das wissen die Leute nicht, weil ich immer darüber geschwiegen habe. Niemandem habe ich ein Wort darüber gesagt, wie schlampig du im Grunde bist. Dass du nicht einmal im Stande bist, alleine eine Herdplatte so zu putzen, dass sie am Ende glänzt, dass bei dir überall in den Ecken der Staub liegt und an der Decke die Spinnweben hängen, dass in den Küchenschränken alles durcheinander liegt und dass das Klo einen gelben Rand kriegt. Niemandem habe ich gesagt, dass du nichts von alleine siehst. Dass man dir alles sagen muss. Resi, muss man zu dir sagen, das Klo hat einen Rand, Resi, der Herd hat Wasserflecken, der Staub liegt in den Ecken, die Schränke müssen aufgeräumt werden, die Spinnweben mit dem Besen abgenommen, der Boden muss gewischt, die Spüle ausgewaschen, der Geschirrabtropfer gereinigt werden. Ja, du warst schon immer eine Prinzessin, die Arbeit ist dir nicht in die Wiege gelegt worden. Ein Handtuch auf dem Kopf und an der Mauer entlangspazieren, das liegt dir, gelbe Häuser und

Mauern, Gärten, Teiche, rote Steinfußböden in geräumigen Fluren. Aber Häuser müssen gebaut, Gärten und Teiche gepflegt und rote Steinfußböden gewischt werden. Wenn mein Sohn nicht gewesen wäre, dann hätte ich dich schon längst zum Teufel gejagt.

3

Marie-Thérèse soll ich dich nennen! Und darauf bestehst du auch noch! Wer hat dir denn das eingeredet? Dein Liebhaber? Oder gehst du vielleicht regelmäßig zum Psychologen, seit du mich nicht mehr hast? Schaden würde es dir nicht. Falls er vernünftig ist. Aber das sind ja die wenigsten. Die Psychologen sind ja heute alle für die Selbstverwirklichung der Frau. Das ist eine Berufskrankheit. Oder einfach Geldgier. Die Frauen sind schließlich ihre Haupteinnahmequelle. Bestehen Sie darauf, dass er Sie Marie-Thérèse nennt, wird der Psychologe zu dir gesagt haben, das schafft ein Stück weit Distanz. Ein Psychologe sollte euch besser klarmachen, was ihr euren Kindern antut, indem ihr uns verlaßt. Ein Psychologe sollte wissen, was das heißt. Dass ihr nämlich mit einem solchen Schritt nicht nur euer eigenes Leben zerstört, sondern auch und vor allem das Leben eurer Kinder. Kinder, die zuerst einen Vater gehabt haben und dann keinen Vater mehr haben, Kinder, die zuerst in einem eigenen Haus gewohnt haben und dann in einer Mietwohnung, Kinder, die zuerst einen eigenen Garten gehabt haben und dann nichts als einen staubigen Hinterhof. Eure Kinder werden das nicht verkraften, und ihr wisst es. Aber das ist euch ja gleichgültig, so wie euch alles gleichgültig ist, das euch nicht in den Kram passt. Frauen sind in dieser Hinsicht ja eiskalt. Ihr geht über Leichen. Ein ganzes Lebenswerk werft ihr hin, wegen ir-

gendwelcher Flausen im Kopf. Selbstverwirklichung –
wenn ich das schon höre. Du hast nie besonders auf mich
geachtet, mir nie eine Freude gemacht oder ein schönes
Geschenk, du hast nie extra meine Lieblingsspeisen gekocht, und meine Hemden hast du auch nie gebügelt.
Nie meine Socken gestopft und meine Knöpfe wieder angenäht. Aus dem Haus hab ich sie geben müssen. Genauso hast du es im Grunde mit meinem Sohn gemacht.
Weggegeben hast du ihn. Mit eineinhalb Jahren musste
das Kind zur Tagesmutter und mit drei Jahren in den
Kindergarten. Ich war nie dafür. Zuerst ein Kind machen
und es dann anderen Leuten zur Erziehung übergeben,
damit die es verderben mit ihrem Geschwätz und ihren
willkürlichen Erziehungsmethoden. Das ist doch Wahnsinn! Wenn ich ein Kind mache, dann will ich es auch
selbst erziehen, im eigenen Haus mit eigenem Garten, in
der eigenen Familie. Eigene Mutter und eigener Vater,
keine Tagesmutter, Kindergarten- oder Horttante. Ich
war immer dagegen. Aber man hat ja nie vernünftig mit
dir sprechen können. Du hast gleich herumgeheult, wie
immer. Wenn ich darauf bestanden hätte, dass mein Sohn
daheim bleibt, dann wäre ich am Ende schuld gewesen,
wenn du dich nicht verwirklichen kannst. Ich wäre
schuld gewesen, wenn du noch depressiver geworden
wärst und dein Mund noch schmäler und wenn du immer noch leidender dreingeschaut hättest, als du sowieso schon dreingeschaut hast. Da habe ich mir gedacht,
bevor die Resi noch leidender dreinschaut und noch
wehleidiger wird und womöglich noch mehr zu kränkeln anfängt, soll sie das Kind zur Tagesmutter geben
und dann in den Kindergarten und dann in den Hort.

Aber dafür war ich nie! Ich habe einen Kompromiss geschlossen, weil im Gegensatz zu dir habe ich immer Kompromisse geschlossen. Glaubst du, ich habe mir nicht oft gedacht, wie es gewesen wäre, wenn ich eine andere geheiratet hätte, eine, die fröhlicher ist als du, optimistischer, lebenspraktischer und lebenszugewandter, eine, die die Wohnung sauber halten kann und trotzdem irgendetwas Sinnvolles in ihrer Freizeit tut, eine, die sich nützlich macht im Garten. Der das Freude macht! Das gibt es, auch wenn du es nicht glaubst, ich habe immer mal wieder solche Frauen kennen gelernt. Zum Beispiel die Elfi, mit der ich zusammen war, als wir uns kennen gelernt haben. Das war so eine. Mein Gott, war die Elfi praktisch. Die hat sofort bemerkt, wenn irgendetwas nicht gestimmt hat, und dann hat sie schon zugepackt. Das hätte es nicht gegeben, dass ich ein Jackett mit nur zwei Knöpfen anhabe. Die Elfi hätte sich sofort einen Faden und eine Nadel geschnappt und hätte mir die fehlenden Knöpfe angenäht. Aber ohne großes Theater darum herum. Und dabei brauchst du nicht glauben, dass die Elfi eine unemanzipierte Frau war. Die hat jederzeit ein Fahrrad reparieren können, oder wenn das Auto gemuckt hat, dann hat sie die Kühlerhaube aufgemacht und hineingeschaut. Das war keine von den Frauen, die sich zu fein sind, den Ölstand selbst zu kontrollieren. Und dabei hat sie eine Fröhlichkeit am Leib gehabt, von so etwas hast du ja nie auch nur eine Ahnung gehabt. Wenn ich mit der auf eine Party gegangen bin oder auf einen Ball, dann hat sie bis drei Uhr früh getanzt. Die hat nicht herumgesessen und so wie du die ganze Zeit vor sich hingestarrt. Die war gesellig, unterhaltsam, fröhlich und hat auch einmal gern ein gutes Glas Wein getrunken, die Elfi. Meine Mutter hat gleich, nachdem sie dich zum ersten Mal gesehen hatte, gesagt: Pass auf, Franz, die hat so ein Glänzen in den Augen. Das ist nicht gut, wenn eine so glänzt. Warum nimmst du nicht die Elfi, hat meine Mutter gesagt, die hat das Herz auf dem rechten Fleck. Mama, habe ich gesagt, dein Geschmack ist nicht mein Geschmack. Mir gefällt das Glänzen in den Augen von der Resi und dass sie so zart ist und so still. Sie hat so etwas Zerbrechliches, habe ich zu meiner Mutter gesagt, und so etwas Eigenes. Die ist nicht wie jede andere. Die ist etwas ganz Besonderes, habe ich gesagt, für die muss man Verständnis aufbringen. Neben der kann man nicht einfach so dahinleben, das ist eine, mit der muss man sprechen, habe ich gesagt, die muss man lieben, die Resi. Meine Mutter hat damals schon den Kopf geschüttelt. Reden wir noch einmal in zehn Jahren, hat sie gesagt, da wirst du das alles anders sehen. Nach zehn Jahren bist du froh, wenn du eine hast, mit der du nicht immer reden musst und auf die du nicht Acht geben musst und die du nicht immer lieben musst. Weißt du, hat meine Mutter gesagt, das Leben ist schwer genug. Da brauchst du nicht noch eine, für die du Verständnis aufbringen musst, da bist du froh, wenn du es so halbwegs ordentlich hinter dich bringst, das Leben, halbwegs anständig bleibst, und wenn du deinen Kindern etwas mitgeben kannst für später, das ein Wert ist und das sie nicht verlieren, selbst wenn sie Schiffbruch erleiden sollten. Und genau da versagt ihr. Wenn ihr keine Kinder hättet, dann wäre es noch etwas anderes. Aber so! An eure Kinder müsstet ihr wenigstens denken, wenn ihr schon nicht an uns denkt.

Weißt du, was mit den Kindern passiert, die nur bei der Mutter aufwachsen? Die Mutter geht natürlich arbeiten, und die Kinder sind den ganzen Tag allein, und niemand kümmert sich um sie, weil die Mutter ja allein ist und auch nach der Arbeit keine Zeit für sie hat und der Ausgleich und die Kontrolle fehlt, weil ja kein Vater da ist. Woher, glaubst du, kommen die vielen Drogenabhängigen, die verwahrlosten Jugendlichen, woher kommt denn die ganze Gewalt, wenn nicht von der Einsamkeit dieser Jugendlichen, die von klein auf gewöhnt sind, mit einem Schlüssel um den Hals herumzulaufen und sich alles selbst zu organisieren: das Essen und die Hausaufgaben und am Abend zappen sie so lange mit der Fernbedienung herum, bis sie ein Fernsehprogramm gefunden haben, das sie überhaupt noch interessiert bei all den Fernsehprogrammen, die sie jederzeit anschauen können, weil die Mutter sich nicht um sie kümmert und der Vater sie nicht kontrolliert. Weißt du überhaupt, was die heute im Fernsehen schon tagsüber zeigen? Natürlich weißt du es nicht, das hast du nie gewusst, weil du dich noch nie um die Realität gekümmert hast. Immer nur vor dich hin geträumt oder genäht, aber nie die Augen aufgehalten und gesehen, wo die Gefahren sind. Heute bringen die im Fernsehen nachmittags Gesprächsrunden über die Freigabe von Drogen, oder einer hat es mit einem Schaf getrieben und spricht darüber in der Talkshow. Am helllichten Tag! Und Filme spielen die am Nachmittag! Ich habe das überprüft. Seit ich entlassen worden bin, habe ich ja Zeit am Nachmittag. Ich habe alle Programme durchprobiert, für meinen Sohn und wegen der Gefahren. Außerdem gibt es dann noch die Videos.

Da können die Kinder heute jederzeit alles sehen, wenn sie nur geschickt genug sind, sie sich zu beschaffen. Und dann gehen sie hin und laufen Amok. Und alle fragen sich, wie es dazu hat kommen können. Keiner weiß dann, wenn etwas passiert, wieso. Aber ich weiß, wieso: keine Familie, kein Zuhause, kein Gefühl der Geborgenheit, keinen Sinn im Leben. Alles ist den Jugendlichen heute doch gleichgültig. Keine Vorbilder mehr, kein Vater im Haus, alles zerrüttet, die Ehen geschieden, die Väter verkommen und saufen, die Mütter arbeiten und haben keine Zeit. Das ist doch keine Normalität, keine Ermutigung. Da geht dann so ein Jugendlicher hin und dreht durch. Im Grunde ist es kein Wunder. Mich wundert höchstens, dass nicht mehr passiert. Oder so wie es bei mir war, als mein Vater gestorben ist und ich erst zehn Jahre alt war. Da war keine Zerrüttung im Spiel und keine Scheidung, nichts ist da aus dem Ruder gelaufen oder durch eigene Schuld verursacht worden. Und ich war dann nicht mit meiner Mutter allein. Im Gegenteil. Es war eine regelrechte Großfamilie vorhanden: meine Mutter, meine Schwestern, die Tante Fini und die Oma. Und trotzdem, das war nicht leicht ohne Vater, das kannst du mir glauben. Ich habe ja die Verantwortung gehabt für die ganzen Weiber. Und das mit zehn Jahren. Das wirkt sich später noch aus auf den Menschen. Da kommt es dann dahin, dass der Mensch immer nur Verantwortung übernimmt und immer nur alles für andere entscheidet und tut, und dann ist es denen nicht einmal recht. Aber er merkt es nicht, weil er das immer hat tun müssen, seit der Vater tot war und die Mutter monatelang nur geweint hat und die Schwestern Angst gehabt haben in der Nacht, wenn die Dunkelheit gekommen ist. Die Oma war schuld. Die hat ihnen die Geschichte vom Totenfuchs erzählt, der zuerst den Vater geholt hat und dann die Mutter holt, und dann, wenn die Kinder ganz allein sind, dann hat er ein leichtes Spiel und holt sich nach und nach ein jedes. Jeden Abend habe ich hinuntergehen müssen und alle Fenster im Parterre schließen, und im Keller auch, damit der Fuchs nirgends hereinkann. Oft bin ich auch mitten in der Nacht im Haus herumgegangen, mit dem Besen in der Hand, weil die Schwestern gesagt haben, sie hätten den Fuchs gehört, wie er um das Haus schleicht. Und wenn ich in der Nacht mit dem Besen in der Hand im Haus herumgegangen bin, dann habe ich die Mutter in ihrem Zimmer weinen hören. Zuerst habe ich auch geweint, wenn ich das gehört habe, aber nach einer Weile, da ist es mir nicht mehr richtig vorgekommen, dass sie immer noch nachts in ihrem Zimmer sitzt und heult, während ich mit dem Besen in der Hand durch das Haus gehe, und es hat mich mit der Zeit dann auch gestört, dass sie so gewimmert hat beim Heulen, und irgendwann habe ich mir gedacht, dass es nicht recht ist, wenn eine Mutter Nacht für Nacht heult, während ihre Kinder Angst haben vor dem Fuchs. Eines Nachts bin ich dann hineingegangen in ihr Zimmer und habe ihr gesagt, dass sie aufhören soll zu weinen. Aber sie hat weitergeweint und gewimmert, und da habe ich sie angeschrien. Jetzt ist Schluss, habe ich geschrien, einmal muss Schluss sein, mit allem, auch mit dem Schmerz, du hörst jetzt auf zu heulen und kümmerst dich um die Schwestern, die haben jeden Tag mehr Angst vor dem Fuchs, und in der Schule passen sie nicht mehr auf, und Hausaufgaben machen sie keine, und frisieren tun sie sich nicht ordentlich, und die Klara rennt mit Löchern in den Socken herum, und der Oma und der Tante wachsen dein Kummer und dein Leid und der ganze Haushalt über die Köpfe, die schaffen das nicht mehr. Nimm dich zusammen, habe ich meine Mutter angeschrien, als ich zehn Jahre alt war. Und es hat genützt. Sie hat wirklich aufgehört zu weinen. Sie ist aufgestanden, hat sich das Gesicht gewaschen, und am nächsten Morgen hat sie zum ersten Mal seit dem Tod des Vaters wieder selbst das Frühstück gemacht. Da habe ich gewusst: Einer muss die Verantwortung übernehmen, und das bin ich gewesen, und so habe ich weitergemacht in meinem Leben. Ich habe mich nie vor einer Verantwortung gedrückt, und ich war immer da, wenn man mich gebraucht hat und wenn es nötig war. Da kannst du alle in der Firma fragen, alle haben immer gesagt: Der Franz ist die Stütze der Firma. Und deswegen hat es auch nicht an mir gelegen, dass sie mich entlassen haben. Es hat am Außenlift gelegen. Niemand will heute mehr Außenlifte bauen. Das war eine Mode mit den Außenliften und zwar eine teure. Heute quetscht man lieber ins engste Stiegenhaus einen Lift hinein, bevor man einen Außenlift baut. Niemand kann sich heute so etwas leisten. Die, die Geld haben, haben längst Lifte in ihren Häusern, und die, die keine Lifte haben, haben auch kein Geld für einen Außenlift. Wisst ihr eigentlich, was das heißt, immer die Verantwortung tragen für alle, für die Frau, für das Haus, für die Kinder, und niemand ist da, der einem einmal all die Verantwortung abnimmt, niemand? Du hast ja nie die Verantwortung für etwas übernommen, du hast immer nur geschwiegen. Du warst immer die Zarte, alle haben immer gesagt, die Resi ist so zart. Pass auf die Resi auf, haben alle gesagt, tu der Resi nicht weh, haben sie gesagt, die Resi ist so ein feiner Mensch. Weil sie dich nicht gekannt haben! Ich habe dir zugeredet damals, mit der Schneiderei, als du dir nichts zugetraut hast, ich habe dir zugeredet, als du schwanger warst und Angst gehabt hast, dass du das nicht schaffst mit der Geburt und dann mit dem Kind und allem, ich habe das Haus entworfen und gebaut, und hast du es mir jemals gedankt? Niemand hat mir je meinen Einsatz gedankt. Schon meine Mutter hat es mir damals nicht gedankt, dass ich die Verantwortung übernommen habe. Seit der Nacht, in der ich ihr gesagt habe, was ihre Pflicht ist, hat sie so ein Flackern in den Augen gehabt, wenn sie mich angeschaut hat. Immer das Flackern, kein Lächeln, keine Freude. Die Schwestern hat sie oft in den Arm genommen und getröstet, wenn sie sich weh getan haben oder traurig waren. Mich nie. Mich hat niemand getröstet, wenn ich traurig war oder einsam, meine Mutter nicht, meine Schwestern nicht und du auch nicht. Im Grunde habt ihr es mir alle nicht verziehen, dass ich die Verantwortung übernommen habe. Sogar dein Sohn verzeiht es mir nicht. Glaubst du, ich sehe nicht, wie er mich anschaut, wenn ich ihn abhole, unten auf der Straße vor deiner Wohnung, in die du mich ja nicht hineinläßt. Mein Sohn hat mir einmal vertraut und vertraut mir nicht mehr. Er will nicht, dass ich die Verantwortung übernehme für ihn, es ist ihm so lästig geworden, wie es meiner Mutter lästig geworden ist und meinen Schwestern und dir, und, wer weiß, vielleicht war es denen in der Firma am Ende ja auch lästig, dass ich bereit war, geradezustehen für meine und ihre Fehler, und dass ich geradeheraus gesagt habe, wenn etwas schief gelaufen ist. Die anderen haben geschwiegen, weil sie die Verantwortung nicht übernehmen wollten, ich habe nie geschwiegen. Besser, habe ich gedacht, man spricht aus, was ist und weiß, was schief läuft, dann kann man vielleicht etwas dagegen tun. Aber niemand hat es mir gedankt. Alle haben nur gedacht: Jetzt redet er wieder, jetzt weiß er wieder alles besser, jetzt sagt er uns wieder, was wir tun sollen. Das mögen die Menschen nicht. Sie mögen es nicht, weil sie es lieber bequem haben. Ihr macht es euch ganz schön bequem, wenn ihr euch vormacht, dass ihr alles in den Griff kriegt, den Haushalt, die Arbeit, dass ihr das Geld verdienen könnt, das ihr zum Leben braucht, dass ihr eure Söhne ordentlich erzieht. Aber ihr könnt eure Söhne gar nicht ordentlich erziehen ohne Vater. Einem Sohn, dem der Vater fehlt, dem fehlt ein Leitbild, später, im Leben. Woran soll sich so ein Sohn denn orientieren? An seiner Mutter? Das kann nicht gut gehen, und ihr wisst das ganz genau. Dass ihr euch immer vormachen müsst, es ginge auch ohne Verantwortung. Aber das wirst du schon noch sehen, wenn du mich nicht mehr hast, dass es nicht ohne Verantwortung geht. Und dass es dir keiner dankt, wenn du sie übernimmst. Was hätte ich denn tun sollen, außer das Haus zu bauen? Hätten wir für immer in der Mietwohnung bleiben sollen, wo die Miete doch jedes Jahr höher geworden ist? Gespart hätten wir und jeden Groschen in die Wohnung gesteckt, ohne dass wir später einmal irgendetwas davon gehabt hätten. Und zu klein war sie auch. Du hast doch immer ein eigenes Atelier haben wollen, und ich habe immer eine eigene Werkstatt gewollt für meine Erfindungen. Das ist doch ein Wahnsinn, wenn zwei immer das Gleiche wollen, und dann geht der eine hin und hat den Mut, es zu verwirklichen, und genau das wird ihm dann vorgeworfen. Immer entscheidest du, hast du gesagt, immer wird alles so gemacht, wie du es willst, und hinterher beschwerst du dich noch, wenn man sich nicht freut, hast du gesagt. Allerdings! Einer muss ja etwas tun, damit nicht immer alles so weiter-und-weitergeht, sondern einmal etwas geschieht. Einer muss doch den Mut dazu haben! Weißt du was, die meisten Männer sitzen daheim vor dem Fernseher, und die Frauen bringen ihnen das Bier und das Abendessen, und wenn ein Nagel in der Wand fehlt, dann schlagen die Männer den ewig nicht rein, oder sie reparieren die kaputten Jalousien wochenlang nicht. So ist das nämlich üblicherweise, und eine jede Frau außer dir würde sich alle zehn Finger abschlecken, wenn sie einen hätte, der etwas riskiert, der etwas entwirft, der etwas baut. Und eine jede außer dir würde sich darüber freuen. Dir hat das Wohnzimmer als Atelier genügt, hast du gesagt, aber das ist doch nicht wahr. Ich meine, es hat dich doch immer gestört, wenn du im Wohnzimmer genäht hast und ich habe daneben gesessen und habe ferngesehen. Musst du immer fernsehen, hast du gesagt, dreh halt einmal das Radio an, hast du gesagt, mach Musik. Ja glaubst du denn, das geht auf Dauer, dass ich nicht machen kann, was ich will, wenn du im Wohnzimmer sitzt und nähst und Musik hörst? Geh doch in den Keller, hast du immer gesagt, da hast du deine Werkstatt, und ein Fernseher steht auch unten. Aber das ist kein Familienleben, wenn einer immer im Wohnzimmer sitzt und näht, und der andere sitzt unten im Keller. Das kannst du nicht verlangen! Weißt du, wie ich mir vorkomme, im Keller unten? Dein Vater, hast du gesagt, hat auch immer unten im Keller getischlert, und deine Mutter ist im Wohnzimmer gesessen und hat genäht. Aber das waren andere Zeiten! Da hat man nichts gehabt. Da war das schon etwas, wenn man überhaupt ein Wohnzimmer gehabt hat und einen eigenen Keller, und wenn das Kind ein eigenes Zimmer gehabt hat. Aber das ist heute Standard. Jeder hat heute ein eigenes Wohnzimmer und einen eigenen Keller und ein Kinderzimmer. Jeder. Alles andere ist Substandard. Heute geht man nicht mehr in den Keller zum Tischlern. Das verstehen die Leute nicht. Die Leute sagen heute: Hat der keinen Hobbyraum, dass er in den Keller gehen muss zum Erfinden, oder sie sagen: Kann sich der keine Werkstatt leisten? Du weißt, dass ich nie viel Wert darauf gelegt habe, was die Leute sagen, aber es gibt einen Standard. Und da will ich nicht darunterliegen. Vor allem dann nicht, wenn die Mittel dazu da sind und die Ideen und die Kraft, sie umzusetzen. Alle waren begeistert. Nur du nicht. Der Franz, haben die ehemaligen Kollegen gesagt, der macht es richtig. Die haben ihn zwar entlassen, haben sie gesagt, aber der geht einfach hin und baut sich endlich das Haus, das er immer schon haben wollte. Der Franz, haben sie gesagt, der lässt sich nicht gehen wie andere, die sie entlassen haben. Der fängt nicht an zu saufen oder zu nörgeln, sondern der tut etwas für seine Familie. Der macht es richtig, haben alle gesagt. Die Einzige, die das nicht gesagt hat, warst du. Ich weiß, dass du mich nicht gehindert hast am Hausbau. Aber das wäre ja noch schöner. Bau das Haus, hast du gesagt, aber sag nachher nicht, dass du es für mich gebaut hast. Weißt du was? Das ist das Gemeinste, was man tun kann. Einem Menschen, der sich einsetzt, die Freude verderben. Die Anerkennung verweigern. Die Genugtuung nehmen. Keine Freude, kein Lob, nichts. Als ob ich das Haus für mich allein gebaut hätte. Ja, hast du gesagt, du baust das Haus für dich selbst. Ich will kein Haus. Wahnsinn! Als ob ich ein zweistöckiges Haus mit sechs Zimmern, drei Toiletten und drei Balkonen für mich allein bauen würde. Ja glaubst du, ich spinne? Natürlich habe ich es für euch gebaut. Das willst du nicht anerkennen. Und meinen Sohn hast du inzwischen auch aufgehetzt. Der will ja gar nicht mehr mit mir heimgehen. Wenn ich ihn abhole, unten auf der Straße, vor deiner Wohnung, dann fragt er mich gleich, ob wir Döner essen gehen oder zum Chinesen oder ob wir ins Kino gehen. Und wenn er einmal mit zu mir ins Haus kommt, dann sitzt er sowieso nur vor dem Fernseher herum. Wenn ich ihm etwas zeigen will, das neu ist im Haus, dann schaut er weg. Er will es nicht sehen, er interessiert sich nicht für das Haus. Ich habe ihm gesagt, dass ich alles auf seinen Namen eingetragen hab, dass er das Haus einmal erbt und später darin wohnen wird. Weißt du, was er gesagt hat? Wenn ich groß bin, gehe ich nach Wien, hat er gesagt. Das hast du ihm eingeredet, weil das ist nämlich nicht normal, dass sich ein Kind nicht für sein eigenes Haus interessiert. Aber eines sage ich dir: Wenn ihr glaubt, dass ihr aus meiner Arbeit einmal Kapital schlagen könnt, wenn ich tot bin, dann habt ihr euch geirrt. Ich baue eine Klausel in mein Testament ein. Das Haus wird meinem Sohn vererbt, aber er darf es nicht verkaufen. Das würde euch nämlich so passen. Ich schufte und schufte, ich verlege eigenhändig einen roten Steinfußboden im Flur, ich grabe die Erde im Garten um, und kaum bin ich tot, geht ihr hin und verkauft das Ganze mit Gewinn. Da habe ich euch aber einen Strich durch die Rechnung gemacht. Und wenn du glaubst, das Geld, das du hineingesteckt hast in das Haus, oder besser gesagt, das deine Eltern hineingesteckt haben, weil, das glaubst du doch selbst nicht, dass du das ganze Geld verdient hast, das du da hineingesteckt hast – mach dir doch nichts vor –, wenn du glaubst, das Geld, das du hineingesteckt hast, kriegst du wieder heraus, dann irrst du dich. Weil das, was ich investiert habe in das Haus an Ideen, an Überlegungen, an Entwürfen, an Arbeitskraft, das wiegt nämlich das ganze Geld zehnfach auf. Geld hineinstecken, das könnt ihr. Aber es ist die Kraft, die zählt. Die Lebensenergie. Die Verantwortung, die einer übernimmt, Marie-Thérèse!

4

Marie-Thérèse! Abgelehnt hast du das Kind von Anfang an, gib es doch endlich zu. Das ist ja auch der wahre Grund, warum es so an dir hängt. Weil, abgesehen davon, dass jedes Kind sowieso zunächst einmal vor allem an seiner Mutter hängt, hängt mein Sohn ganz besonders an dir, weil du ihn jahrelang abgelehnt hast. Die Mutterschaft wird heute ja allgemein nicht mehr akzeptiert. Es wird so getan, als hinge das Kleinkind nur deshalb an seiner Mutter, weil der Vater sich nicht genug darum kümmert. Lächerlich! Wir haben nun einmal keine Muttermilch, meine Liebe. So ist das. Punktum. Aber Tatsachen haben ja für euch nie eine Rolle gespielt. Bei der Erwähnung von Fakten zuckt ihr ja nur mit den Schultern und seid beleidigt. Du hast deine Mutterschaft nicht akzeptiert. Immer wieder habe ich zu dir sagen müssen: Du bist die Mutter, Resi, nicht ich. Da gehen sie in die Kinderzimmer und stillen ihre Kinder über ein Jahr lang, weil das ist heute ja wieder modern, und uns wird vorgeworfen, dass wir uns nicht genug um den Säugling kümmern. Ja, was sollen wir denn tun? Mit der Rassel vor dem Gitterbett stehen und zuschauen, wie die Babys nach ihren Müttern schreien? Zuerst stürzt ihr euch auf die Kinder, nehmt sie vollkommen in Beschlag, man wird ja direkt schief angeschaut, wenn man sich heute zu Erziehungsfragen äußert als Mann, aber dann, wenn es euch passt, kommt ihr daher und behauptet, wir hätten uns nicht genug um sie gekümmert, wir hätten immer nur auf der Couch gelegen und Zeitung gelesen. Zuerst bindet ihr die Kinder in übertriebener Weise an euch, und wenn sie dann ununterbrochen nach euch verlangen, dann lehnt ihr die Mutterschaft ab. Da sollen wir dann plötzlich stundenlang am Tisch sitzen bleiben, nichts tun und warten, ob unsere Kinder vielleicht doch auch einmal etwas von ihren Vätern wollen. Da lege ich mich lieber auf die Couch und lese Zeitung. Mein Sohn wird schon von selbst zu mir kommen. Ja, das musst du aushalten, dass er meistens dich will. Du hast ja auch etwas davon, wenn er dauernd an dir herumhängt. Man kann eben nicht alles haben: die Liebe und die Bequemlichkeit. Aber so seid ihr. Zuerst das ganze Gerede, wir sollen um unsere Kinder kämpfen, Angebote machen, Vorschläge, und in dem Moment, in dem ihr weggeht und uns verlaßt, ist es selbstverständlich, dass unsere Kinder mit euch gehen. Habt ihr euch vielleicht schon einmal überlegt, ob damit unser Verhältnis zu den Kindern zusammenhängen könnte? Wer hängt sich denn an jemanden, den er jederzeit verlieren kann, wenn es der Frau passt? Wir haben doch keine Chance. Da kann sich die Frau schon einiges leisten, bevor ihr das Kind nicht zugesprochen wird. Da muss sie schon auf den Strich gehen oder Drogen nehmen. Der Mann hingegen braucht nur eine ordentliche Arbeit zu haben, schon heißt es: Der kann sich ja gar nicht um das Kind kümmern, weil er den ganzen Tag arbeitet. Oder er hat keine Arbeit, dann heißt es: Dem kann das Kind nicht zugesprochen werden, weil er arbeitslos ist. So ist das nämlich. Oder es wird dem Mann das Kind nicht zugesprochen, weil er keine Freundin hat, die für das Kind sorgen könnte, oder es wird ihm nicht zugesprochen, weil er eine Freundin hat, die dann statt der Mutter für das Kind sorgen würde. Das Kind wird fast nie dem Vater zugesprochen. Einem Arbeitslosen wird sowieso automatisch Alkoholismus unterstellt, so dass es in der Folge ja tatsächlich meistens dazu kommt, dass so ein Arbeitsloser Alkoholiker wird. Weil zuerst verliert er seine Arbeit, dann läuft ihm die Frau weg, dann wird ihm das Kind nicht zugesprochen und dann wird schon überall getuschelt: Der lässt sich ja gehen, der kümmert sich nicht um den Haushalt und um sein Äußeres. Da musst du nur einmal ein falsches Hemd anhaben, heißt es schon: Schau dir das an, was er für ein Hemd anhat. Oder du hast einmal ein Hemd zufällig nicht gewaschen, dann heißt es gleich: Schau dir den dreckigen Kragen an. Und wenn du dich am Ende aufregst über die ganzen Gerüchte um dich herum und vor allem hinter deinem Rücken, dann heißt es: Typisch Alkoholiker, regt sich über alles gleich auf. Der ist doch aggressiv, der kann sich nicht beherrschen. Und dann geht das Getuschel natürlich weiter. Das wird schon einen Grund gehabt haben, heißt es dann weiter, dass seine Frau ihn mit dem Kind verlassen hat. Einfach so, heißt es dann auf einmal, geht doch eine Frau mit Kindern nicht weg. Sie ist so eine anständige Frau, heißt es, da könnt ihr uns betrügen, so viel ihr wollt. Weil die Leute glauben nicht, was sie nicht glauben wollen. Von einem Mann wollen sie sofort glauben, dass er seine Frau betrügt, womöglich mit einer jüngeren, schöneren, oder sie wollen glauben, dass er Alkoholiker ist. Von einer Frau glaubt das niemand. Über die heißt es noch: so eine nette, tüchtige, adrette Frau, wenn ihre Bluse schon gelbe Flecken vom Frühstücksei hat. Aber der Mann, der einmal einen Hemdknopf nicht gleich wieder annäht, der wäre verkommen, der ließe sich gehen, der wäre sofort schuld an der Trennung, der wäre gleich seit je Alkoholiker gewesen. Ich hätte mich mehr um meinen Sohn kümmern sollen! Lächerlich! Wenn er nicht mag. Soll ich ihn anflehen, dass ich ihm etwas vorlesen darf? Könnt ihr euch überhaupt vorstellen, was das für ein Gefühl ist, wenn du deinen eigenen Sohn vom Kindergarten abholst, er sieht dich und heult schon los: Wo ist die Mama, ich will, dass die Mama mich abholt? Nur weil er es so gewohnt war. Wie steht man denn dann da vor seinem Sohn und vor den Kindergärtnerinnen, die süffisant lächeln wie alle Weiber, wenn es um den Beweis ihrer Macht geht. Dass mein Sohn hinterher glücklich ist, wenn ich ihn Drachen steigen lasse, sehen sie ja nicht mehr. Du wirst als Mann schon im Krankenhaus nach der Geburt zur Seite geschoben. Überall vermitteln sie dir das Gefühl, dass du im Weg herumstehst. Das fängt genau genommen schon in der Schwangerschaft an. Zuerst heißt es überall, der Mann soll teilnehmen an der Schwangerschaft, und da rennen sie dann in die Schwangerschaftsgymnastik, die Softies, hinter ihren dickbäuchigen Frauen her, und üben die Atemtechnik für die Geburtswehen, aber wenn du dann wirklich einmal mitgehst zum Frauenarzt, so wie das bei uns war, und willst ihm den Zustand deiner Frau schildern, dass sie nämlich immer so ein Ziehen im Bauch hat, und fragen, ob das vielleicht Frühwehen sein könnten, dann heißt es mehr oder weniger unterschwellig: Der will sich doch nur wichtig machen! Soll ich den Frauenarzt vielleicht auch noch darüber aufklären, was ihr in seiner Ordination empfindet? Könnt ihr das nicht einmal selbst erledigen? Immer hast du zu mir gesagt, wenn ich beim Frauenarzt bin, überlege ich mir vorher ganz genau, was ich ihm sage, manchmal schreibe ich es mir sogar auf und wiederhole es dann die ganze Zeit im Wartezimmer, damit ich es ja nicht vergesse; weil du kommst da hinein zu so einem Frauenarzt, hast du gesagt, sagst zwei Sätze und ziehst dich schon aus, spreizt die Beine und dabei sollst du erklären, worum es geht. Meistens lässt er dich gar nicht ausreden, hast du gesagt, fällt dir ins Wort, verbessert dich, interpretiert dich falsch, jedenfalls bringt er dich ganz aus dem Konzept, du bist schweißgebadet und vergisst womöglich das Wichtigste, weil gleichzeitig wühlt er ja auch noch in dir herum, und dann darfst du schon wieder vom Stuhl hopsen, dich anziehen, und schon bist du wieder draußen. Auf dem Heimweg fällt dir dann ein, dass du das Wichtigste gar nicht gesagt hast, hast du gesagt. Deshalb bin ich ja mitgegangen, zum Frauenarzt: damit du das Wichtigste nicht vergisst! Es ging schließlich um meinen Sohn! Der Mann, heißt es ja immer, kann gar nicht früh genug anfangen, sich um sein Kind zu kümmern, und auf einmal heißt es indirekt: Kann der seine Frau nicht selbst reden lassen? So stehen die Dinge nämlich in Wirklichkeit: Wenn es euch passt, sollen wir uns beteiligen an der Schwangerschaft, der Geburt und der Erziehung der Kinder. Am Wickeln sollen wir uns beteiligen, zur Tagesmutter sollen wir die Kinder bringen und nachmittags wieder dort abholen, auf den Spielplatz sollen wir mit ihnen gehen und nachher daheim das Geschirr abwaschen, die Schnuller sollen wir besorgen und die

Saugringe, beim ersten Zahnen nachts aufstehen, aber wenn wir einmal etwas zu einer Kindergärtnerin sagen oder zu einer Kinderärztin oder zur Krankenschwester oder zum Frauenarzt, dann wird zur Seite gesehen und arrogant gelächelt. Dann bekommen wir keine ordentliche Antwort. Dann wird so getan, als mischten wir uns ein, als drängten wir uns auf, als maßten wir uns etwas an, das uns nicht zusteht. Das Gleiche später vor dem Scheidungsrichter, vor der Sozialpädagogin, vor der Familienberaterin. Immer hat die Frau das Wort. Und wenn wir dann aber auf unserem Recht bestehen, das ihr uns ja geradezu aufgedrängt habt, indem ihr uns mitnehmt zur Schwangerschaftsgymnastik, zum Kinderarzt, in die Schule, in den Hort, zum Frauenarzt, dann heißt es hinter unserem Rücken: Muss sich der so aufspielen? Ist das ein Alkoholiker oder was? Genau das gleiche Prinzip damals im Krankenhaus, als mein Sohn gerade geboren war und nicht genug getrunken hat und Hunger hatte, und du warst schon ganz verzweifelt, und geschlafen hast du auch nicht mehr, weil die ja alle zwei Stunden mit den Babys gekommen sind zum Stillen, und wenn so ein Baby nicht trinkt und darum nach dem Stillen schreit und weint, dann kümmern sich die Krankenschwestern nicht darum, sondern lassen das schreiende Baby länger bei seiner Mutter, damit es vielleicht doch etwas trinkt und satt wird und aufhört zu schreien, und kaum haben sie es abgeholt, und die Mutter ist gerade ein wenig eingenickt, da kommen sie schon wieder mit den Babys und bringen sie zum Stillen, ganz egal, ob die Babys satt werden oder nicht. Und wenn du als Mann dann deine Verantwortung wahrnimmst, weil du das alles nicht mehr mit ansehen kannst, und ins Schwesternzimmer gehst, um dich dort zu erkundigen, weshalb das Baby nie satt wird, obwohl die Mutter angeblich genug Milch hat, dann schauen die Schwestern einander viel sagend an. Und du stehst da und willst den selbstgefälligen Puten natürlich nicht sagen, dass du eine Frau hast, die, selbst wenn sie nicht so erschöpft wäre, wie sie offensichtlich ist, selbst wenn sie ausgeruht wäre und zu Hause und alles seinen gewohnten Weg ginge, Angst hätte, jemanden etwas zu fragen, das sie ihrer eigenen Meinung nach selbst wissen müsste. Wie man sein Kind stillt, zum Beispiel. Mein Gott, natürlich hab ich gewusst, dass du dich wieder einmal nicht zu fragen traust. Aber hier geht es nicht darum, was du dich traust oder nicht, hier geht es um meinen Sohn. Deshalb habe ich ja auch gleich verlangt, den Oberarzt zu sprechen. Herr Doktor, habe ich zu dem Oberarzt gesagt, wissen Sie eigentlich Bescheid über die Zustände hier in der Säuglingsstation? Wissen Sie, wie hier die Patientinnen und ihre Angehörigen behandelt werden? Besonders die Männer? Zuerst, habe ich gesagt, wird man als Mann angehalten, sich zu beteiligen an der Schwangerschaft und an der Geburt, aber dann, wenn es darauf ankommt, wenn man seine Verantwortung für Frau und Kind wahrnimmt, weil man es nicht mehr mit ansehen kann, wie die Frau ihr eigenes Kind nicht satt bekommt und selbst nicht den Mut aufbringt es zuzugeben, und wenn man dann ins Schwesternzimmer geht, um sich als Mann und Vater Rat zu holen, dann wird man schief angesehen von ein paar frustrierten Zicken. Sie sind dafür verantwortlich, habe ich zu dem Oberarzt gesagt, dass einer Frau, die ihr Kind nicht aus eigenem Antrieb stillen kann, geholfen wird. Später hat es dann geheißen, ich hätte wieder einmal einen Eklat verursacht. Ja hätte ich denn schweigen sollen, bis das Kind verhungert wäre? O nein, bei den wirklich wichtigen Dingen im Leben hat man keine Wahl. Einer muss immer die Verantwortung übernehmen. Und das sind wir, weil ihr ja nichts sagt, sondern immer nur schweigt. Wer redet und nicht schweigt, der setzt sich der Möglichkeit des Missverständnisses aus, wer redet, wagt etwas, und nicht immer gewinnt auch, wer wagt. Nicht immer bekommt der Recht, der Recht hat. Natürlich habe ich gemerkt, dass der Oberarzt nicht auf mich eingegangen ist, ich bin ja nicht blöd. Der Oberarzt wird gedacht haben: ein Wahnsinniger, den ich beruhigen muss. Die arme Frau, hat er vermutlich sogar gedacht, hat ein Baby, das sie nicht satt kriegt, und daneben sitzt dieser wahnsinnige Alkoholiker und redet auf sie ein. Wohlgemerkt: Das hat er nicht gesagt, aber gedacht hat er es höchstwahrscheinlich, und später hat er es dann sinngemäß der Stationsschwester gesagt, und die hat es wieder dir gesagt, und dann habt ihr euch wieder einmal gegen mich verschworen. Den Mund sollen wir halten als Männer! Aber das Baby direkt nach der Geburt baden, das dürfen wir. Ich sage jetzt schon seit Monaten, du solltest einmal über die Vorwürfe nachdenken, die du mir in deinem unglaublichen Brief damals gemacht hast. Nicht einfach nachreden, was alles so behauptet wird. Ich glaube, du hast bis heute nicht darüber nachgedacht. Es könnte ja zu deinem Nachteil ausfallen. Aber so ist das ja immer bei euch, zuerst schweigt ihr jahrelang, und dann, auf einmal, weil irgendeine Krankenschwester oder eine Freundin der gleichen Meinung ist wie ihr, fühlt ihr euch bestärkt und gestärkt, und dann spuckt ihr auf einmal alles aus, von dem ihr glaubt, dass es euch jahrelang bedrückt hat. Dabei ist es in Wirklichkeit nichts als die Rechtfertigung dafür, uns unsere Kinder wegzunehmen und abzuhauen. Dazu muss eine ganze Theorie herhalten. Jahrelange Unterdrückung, Bevormundung, Demütigung. Zuerst geht man hin und beteiligt sich an allem: Schwangerschaft, Geburt, holt den Buben abends sogar vom Hort ab, obwohl man selbst dagegen war, dass er in einen Hort geht, und dann heißt es, man hätte nicht teilgenommen an der Erziehung des Kindes, man hätte um seinen eigenen Sohn kämpfen sollen. Das nenne ich Verkehrung jeder Tatsache. Und darum geht es, um die Verkehrung der Tatsachen. Denn es ist ja nicht deine Schuld, wenn du nicht im Stande bist, das Kind satt zu kriegen. Und die Schwestern nichts tun, als es immer wieder an das Bett zu bringen. Niemals habe ich gesagt, dass es deine Schuld war. Ich möchte nur, dass du die Tatsachen als solche anerkennst: Das Kind hat als Baby nicht genug Milch von dir bekommen und hat sich aus diesem Grund in geradezu krankhafter Weise an dich geklammert. Im gleichen Maße, in dem es sich an die Mutter klammert, wendet es sich logischerweise vom Vater ab. Es ist eine Unterstellung und eine Verkehrung aller Tatsachen, nun zu behaupten, ich sei selbst schuld daran, dass der Bub sich von mir abgewendet hat, weil ich zu Hause immer nur auf der Couch gelegen und Zeitung gelesen hätte. Ich habe zwanzig Jahre lang in der Firma gearbeitet, um meinem Sohn und dir eines Tages dieses Haus bauen zu können, da werde ich doch wohl auf der Couch liegen und Zeitung lesen dürfen.

5

Und am Ende heißt es dann: Die Frauen sind die Starken. Die Frauen, das ist heute ja die geltende Meinung, sind die Verantwortungsbewussteren und die Konsequenteren. Die Frauen organisieren den Haushalt, versorgen die Kinder und arbeiten nebenbei noch, während die Männer außer ihrer Arbeit nichts gelernt haben. So ein Mann, heißt es doch schon in jeder billigen Illustrierten, verkommt, wenn ihn seine Frau verlässt. Der sitzt vor dem Fernseher, fängt zu saufen an, vernachlässigt sein Äußeres. Und niemand fragt, warum. Aber ich kann dir sagen, warum: weil er jahrzehntelang die Verantwortung übernommen hat, weil er gearbeitet und damit die Basis geschaffen hat für den Wohlstand, von dem so eine Frau nach der Scheidung dann ausgehen kann. Es ist ja alles da: Häuser oder Wohnungen sind da, die den Frauen zugesprochen werden, wegen der Kinder, Geld ist da, weil der Mann Unterhalt zahlt für den Rest seines Lebens, ein Freundeskreis ist da, der sich auf die Seite der Frau schlägt, weil sie Zeit gehabt hat, ihren Mann schlecht zu machen, während er arbeiten war und das Geld verdient hat, das sie immer genommen hat und nach der Scheidung selbstverständlich weiternimmt, so dass sie die Basis hat, auf der sie ihren neuen Haushalt organisieren, die Kinder versorgen und nebenbei arbeiten kann. Und dann geht sie her und sagt: Wir bewältigen den Haushalt sehr gut ohne euch, wir erziehen unsere Kinder sehr gut ohne euch. Und schaut euch einmal an, wie ihr daherkommt ohne uns, sagt sie dann: Ungebügelte Hemden, Flecken auf der Hose, kochen könnt ihr auch nichts Ordentliches, alles verkommt, und ihr sitzt vor dem Fernseher herum und säuft. Prost! Wenn ich daran denke, was ich einmal alles verbunden habe mit den Frauen: Liebe, Glück, Geborgenheit. Alles habe ich euch geopfert: Ideen, Zeit, die Freiheit. Ich denke oft an die Sonnenfinsternis voriges Jahr, als es so still war und das Licht immer fahler wurde. Manchmal ist jetzt wieder so eine Stille, ohne dass eine Sonnenfinsternis wäre, und die Farben werden von selbst fahl. Aber vielleicht dauert ja die Sonnenfinsternis in Wahrheit immer noch an, so etwas kann lange dauern. Wer sagt eigentlich, dass die Zeit vergeht? Es gibt Gerüche, die hat man ein Leben lang in der Nase, Melodien, die summt man vor sich hin, ohne zu wissen, woher man sie hat. Wenn ich die Augen schließe, sehe ich die Sonnenfinsternis. Etwas Unwirkliches ist um mich herum. Nachts träume ich von Füchsen mit roten, buschigen Schwänzen und Samtpfoten. Ich höre ein Hin- und Herschleichen, das Rascheln von Federn, Knarren von Türen, Scharren in der Erde. Es riecht nach warmem Holz in der Sonne. Der Fuchs ist ein Räuber, das weiß jeder, er hat ein schmales Gesicht und große Ohren. Er kann sich in schöne Frauen verwandeln, die legen dir die Welt zu Füßen, aber wenn du an sie glauben willst, mischt sich ein Bellen in ihr Lachen, und die Farben werden fahl und Stille breitet sich aus. Du bist gewarnt, aber es nützt nichts, denn die Füchse sind schlau. Kaum hast du einen verjagt, kommt er in anderer Gestalt zu dir zurück und spricht so vernünftig mit dir, dass du glaubst, er meint es gut. Aber sie meinen es nie gut. Und wenn es ihnen gelingt, dich zu verführen, so dass du sie küsst und über ihr Haar streichst und ihren seltsamen Duft einatmest, der dich an etwas erinnert, und wenn du dann anfängst, sie wirklich zu mögen, und beginnst, ihnen zuzuhören und die Linien ihres schmalen Gesichts nachzufahren und das Innere ihrer großen Ohren zu ertasten, dann bist du schon verloren. Sie sind böse und führen Böses im Schilde, auch wenn man nie erfahren sollte, was. Sie gehen auf weichen Sohlen, und ihre Haut fühlt sich an wie ein seidiges Fell, und wenn sie ihre roten Haare schütteln, dann meinst du den Schein von Rubinen zu sehen, der sich im Licht bricht. Ihr Rumpf ist lang gestreckt. Sie haben immer etwas zu kurze Beine und ihre Bewegungen sind fast lautlos. Wenn eine Füchsin sich an dich schmiegt, vergisst du alles. Du vergisst die Gefahr, und in die Fallen, die du aufgestellt hast, tappst du selbst hinein. Du verlierst dich im seidigen Fell, blickst gebannt in glitzernde Augen. Die Farben rundum verblassen. Das alles erinnert dich an etwas, und während du Wirbel für Wirbel des Rückgrates küsst, Glieder einer Bambushängebrücke über einem brodelnden Abgrund von Büschen, hörst du von weit her ein Bellen aus dem Wald. Du tauchst wieder ein in die Wildnis, bist gewarnt, hast Fallen aufgestellt, hast die Warnung in den Wind geschlagen, bist selbst in die Fallen getappt, hast das Rückgrat geküsst, die Bambusglieder einer Hängebrücke, hast Wasser getrunken aus Urwaldbächen, die sind verseucht mit halluzinogenen Mikroinsekten, hast Rauschträume in den Gliedern und Unwirklichkeiten im Kopf, in den Baumwipfeln schwebend, hoch über dem

Dickicht. Trinke nur das Urwaldwasser, küsse die schmalen Wangen der Füchsin, streichle das Fell wie eine Haut und lasse dich ernähren aus ihrem Leib, während rund um euch herum Blüten schimmern, Bäche rauschen und die Wipfel der Bäume in den fahlen Himmel ragen, der sich auf euch herabsenkt. Wir sollten den Füchsen dankbar sein, dass sie kommen und um unsere Häuser schleichen, um uns anzuzeigen, dass die Zeit begrenzt ist. Sollen sie uns ruhig täuschen. Sollen sie uns holen kommen, früher oder später. So krieche ich weiter deinen Leib entlang. Tief unten ist es dunkel, und es dampft und brodelt wie in einer großen Stadt. Tief unter uns kriecht es und funkelt, schreit und keucht es, etwas springt und läuft und zischt und platscht. Klatschend zerplatzen große, leuchtend rote Früchte. Es kommen Hunderte von Ameisen, zerlegen die Frucht und schaffen sie weg. Die Gelsen kommen nachts und saugen das Blut, und die Blutegel kriechen unter die Hose und das Hemd, und die Saugwürmer haben Köpfe wie kleine Bohrmaschinen. Es gibt Holzwürmer, kleinfingerdick, es gibt Käfer, die zerstören Urwälder. Es gibt Mikroorganismen im kleinen wilden Bach, die erzeugen Fieber und Halluzinationen. Ich klammere mich fest an die Hanfseile deiner Hängebrücke und schwanke über dem sich ununterbrochen – Blattschicht auf Blattschicht, Baumstamm auf Baumstamm, Blüte auf Blüte, Tier auf Tier – vermehrenden und am lebendigen Leib vermodernden Gewucher hinunter, aus dem fahle Augen aufleuchten, bunte Federn aufflattern, grelle Früchte aufplatzen, Leiber sich winden mit Mustern wie kostbare Teppiche. Inmitten des lebendigsten Gemoders lächelt eine Frau, fern und unwirklich, die habe ich einmal gekannt und kenne ich nicht mehr, die habe ich einmal geliebt und liebe ich nicht mehr. Seltsam, wie die Menschen sich verändern in kürzester Zeit. Die hatte doch einmal blaue Augen und ein schmales Gesicht, hatte rote Haare und kleine Brüste, und nirgends auf ihrem Körper war ein Fell gewachsen. Wie mild die Luft ist und wie klar die Sterne und wie hell der Mond alles erleuchtet. Deine Arme, deine Beine, deinen schönen Körper. Du brauchst dich nicht zu fürchten, weil der Fuchs um das Haus schleicht, meine Kleine. Ich passe schon auf, dass er dich nicht holt. Wird niemanden holen, der Fuchs. Weder dich noch mich, noch Mutter, Vater und Kind. Wird stattdessen eine Gans reißen, wird einem Huhn die Kehle durchbeißen und wird wieder verschwinden im Wald, dorthin, wo er hergekommen ist mit seinem wilden Trieb. Und wenn du, meine Schöne, bei mir liegst, bin ich meine eigene Falle. Komm, ich fürchte mich nicht. Selbst wenn du böse bist, denn alles, was ich habe, sind deine roten Haare, ist dein felliger Leib. Und wenn du willst, dann stillst du mein Verlangen, wenn du willst, dann bin ich gerettet. Da lege ich dir mein Leben hin, so ist das, ob du es willst oder nicht. Und über uns breite ich die Finsternis, und um uns herum ist dieser Geruch von warmer Erde, der kommt zum Fenster herein aus dem Garten, den ich angelegt habe für dich, und wenn es sehr still ist und die Sterne klar am Himmel stehen, höre ich ein heiseres Bellen, und dann folge ich deiner Spur.

6

Servus, Herd, bist du auch da? Magst du einen Schluck? Warte, ich gieße dir etwas über deine glänzende Fläche. Wasserflecken! Dass ich nicht lache. Wenn ich dich putze, dann bist du sauber und damit basta! Jetzt natürlich nicht mehr. Mit dem Schnaps darauf. Hm, wie das riecht. Die ganze Wohnung riecht nach Schnaps. So soll es sein, Herd! Heute feiern wir einmal. Nur wir zwei. Heute machen wir es uns gemütlich. Denn wenn du eine Familie hast, dann ist ja nie eine Gemütlichkeit. Immer kommt jemand oder geht jemand oder kocht jemand oder wischt jemand, der eine schreit, der andere dreht die Musik zu laut auf, das Bad ist immer besetzt. Das ist ja ganz etwas anderes, wenn Ruhe ist. Ein bisschen Stille. Da kann der Mensch einmal nachdenken. Zur Besinnung kommen. Wenn ich daran denke, dass ich, seit das Haus fertig ist, nie alleine in der Küche gesessen und ein Glas Bier getrunken habe. Nie. Immer nur Wirbel, immer nur Anforderungen von allen Seiten. So sieht uns niemand, niemand will etwas von uns, und sollte das Telefon einmal läuten, dann gehen wir einfach nicht hin. Schön ist das, wie du glänzt. Das erinnert mich an Weihnachten. Wir hatten früher so eine silberne Weihnachtsbaumspitze, und immer, wenn endlich die Tür aufgegangen ist und ich als Kind in das Zimmer durfte, wo der Christbaum und die Geschenke waren, dann habe ich als Allererstes die Weihnachtsbaumspitze glänzen gesehen. Und sofort ist mir ganz feierlich zumute geworden und auch ein bisschen flau im Magen. Genauso geht es mir heute: feierlich und flau. In den Weihnachtsferien bin ich immer mit meinem Sohn Schi fahren gewesen. Naja, das ist vorbei. Natürlich kann ich heute genauso mit meinem Sohn in den Weihnachtsferien Schi fahren, aber das ist jetzt etwas anderes. Na ja, von so etwas reden wir heute nicht, Herd. Heute wollen wir feiern. Mein Gott, das waren früher immer Feiern, als ich die Resi noch nicht gekannt habe. Einmal, da hat die Elfi eine Pyjamaparty gegeben, ja, da war etwas los. Das wäre mit der Resi gar nicht möglich gewesen. Erstens hätte die Resi keinen Pyjama angezogen für eine Party, und zweitens hätte sie ja ohnehin nur wieder in der Ecke gesessen. Dass ein Mensch so wenig Fröhlichkeit kennt. Dabei hat man nicht einmal das Gefühl, es geht ihr ab. Sie selbst ist ganz zufrieden. Nur für die anderen ist es halt hart. Für die Umwelt. Die Freunde. Für das Kind bestimmt auch, wenn es den ganzen Tag das ernste Gesicht seiner Mutter sehen muss. Reden tut sie ja auch nicht viel. Ich kann mir schon vorstellen, wie ihr zwei in eurer Wohnung lebt: Keiner sagt etwas. Jeder macht schweigend irgendetwas. Ab und zu plärrt das Radio aus dem Zimmer von meinem Sohn. Dann kriegt die Resi sowieso gleich Kopfweh. Marie-Thérèse! Lächerlich! Mein Gott, wie haben wir damals gelacht, als der Edi in dem gestreiften Seidenpyjama von seinem Vater gekommen ist, und irgendwie hat er gar nicht bedacht oder er hat vergessen, dass die Pyjamas damals vorne keine Knöpfe gehabt haben, sondern einfach nur einen Schlitz. Jedenfalls: Der Edi denkt sich nichts dabei und tanzt und lacht und trinkt, und die ganze Zeit steht ihm sein Dingsda aus dem Schlitz heraus. Ich glaube, die Elfi hat es zuerst gesehen. Na, die hat gelacht. Die Tränen sind ihr über die Wangen gerollt, und vor lauter Lachen hat sie nicht sprechen können. Sie hat einfach dem Edi nicht sagen können, dass sein Dingsda aus dem Schlafanzugschlitz heraussteht, weil sie so gelacht hat. Sie hat sich hinsetzen müssen, und ich habe ihr ein Glas Sekt bringen müssen, und erst, als sie den Sekt getrunken hatte und dann gleich noch ein zweites Glas, da hat sie sich gefangen und mir die Sache ins Ohr geflüstert. Aber zu dem Zeitpunkt hatten es andere auch schon bemerkt, und kurz und gut, der Edi hat sich dann so geschämt, dass er viel zu früh vom Fest verschwunden ist. Ja, der Edi, der hat sich später auch niedergesoffen. Aber das hat keinen Zusammenhang mit der Pyjamaparty gehabt. Seine Frau hat sich scheiden lassen, die Kinder waren schon aus dem Haus, er hat einfach nicht gewusst, was er mit seiner Freizeit anfangen soll. Da ist er in das Trinken gekommen. Der Fischer Rudi auch. Bei dem hat sich zwar nicht die Frau scheiden lassen, sondern er hat sich scheiden lassen, weil er eine junge Geliebte gehabt hat, aber dann, als er frei war, da hat die Geliebte einen Jüngeren kennen gelernt, und den hat sie dann geheiratet, und da war der Fischer Rudi ganz allein in seinem großen Haus. Das hat er nicht verkraftet. Zuerst hat man noch nichts gemerkt, da hat er noch heimlich getrunken, aber zum Schluss ist er überall schon betrunken aufgetaucht, hat Streitereien angefangen, oder er ist bei einer Party zur Tür hereingetorkelt und hat sofort den Gastgeber beschimpft. Der Luis trinkt auch. Obwohl er gar nicht geschieden ist. Bei dem ist das Problem, dass seine Frau, nachdem die Kinder aus dem Haus waren, zu studieren angefangen hat. Der Luis war von Anfang an dagegen. Was willst du in deinem Alter studieren, hat er immer wieder gesagt, wo wir jetzt, wo ich in Pension bin, so schöne Wanderungen machen könnten? Wir könnten endlich einmal regelmäßig ins Schwimmbad gehen, wir könnten Tennis spielen und im Winter wieder mehr Schi fahren. Aber es hat alles nichts genützt. Ausgerechnet Medizin hat sie sich eingebildet. Wo das Jahre dauert und der Mensch ab einem bestimmten Alter doch gar nicht mehr die Konzentration hat, so viel auswendig zu lernen. Physikum undsoweiter. Aber die Weiber spinnen ja. Nein, Medizin musste es sein! Die ganze Familie hat sie damals ruiniert. Der Luis hat zu saufen angefangen, und die einzige Tochter von den zweien hat sich Hals über Kopf in die Ehe mit einem Playboy gestürzt, der sie hat arbeiten lassen, während er sie daheim mit ihren eigenen Freundinnen betrogen hat. Überhaupt – die Bumserei, das ist der Anfang vom Ende. Überall, wo du hinschaust, Unglück. Durch die Bumserei. Obwohl ich mir das von der Resi gar nicht vorstellen kann, ich meine, die ist doch wirklich kein sexueller Mensch. Wenn ich da an die Elfi denke. So warst du nie, Resi. Nie. Nicht einmal ganz am Anfang. Da war immer so eine Art Reserve. Na ja, und die meiste Zeit, also sei mir nicht böse, die meiste Zeit warst du sowieso wie ein Brett im Bett. Aber ich habe dir das nie zum Vorwurf gemacht. Ich habe immer gesagt: Es gibt solche und solche. Die einen haben es eben im Blut und die anderen nicht. Das sieht man ja schon bei Kleinigkeiten. Wie sich eine anzieht, wie sie geht, was für eine Haltung sie hat. Du hast nie eine Haltung gehabt.

Meistens bist du krumm dagesessen. Weißt du, da kann ja keine Erotik entstehen. Einen Mann muss man reizen. Das hast du nie getan. Allein schon deine Verfrorenheit. Da kann ja keine Erotik aufkommen, wenn eine immer nur mit dicken Strumpfhosen durch die Wohnung rennt und friert. Und bis man deine Schichten von Unterhemden, T-Shirts und Pullovern ausgezogen hat, da ist einem ja schon alles vergangen. Und angestrengt hast du dich auch nie ein bisschen. Weder geistig noch körperlich. Verstehst du, was ich meine? Im Grunde warst du immer zu müde dazu. Im Bett muss man aber Fantasie entwickeln, da muss einem schon etwas einfallen. Und ein bisschen körperliches Training muss man auch haben. Sonst geht es halt nicht, oder jedenfalls nicht so, wie es mir gefällt. Das war ja überhaupt von Anfang an das Problem. Kaum hat mir etwas gefallen, hat es dir schon weh getan. Das ist doch nicht normal. Dass einem das Bumsen weh tut. Ich meine, und wenn es schon so ist, dann geht man zum Frauenarzt und holt sich Rat, was man dagegen tun kann. Oder man trainiert ein bisschen seine Bein- und Bauchmuskulatur. Das ist doch möglich. Du hast ohnehin immer davon geredet, dass du in einen Turnverein gehen müsstest. Nur getan hast du es nie. Reden nützt nichts, vom Reden wird das Bumsen nicht besser. Dabei hättest du dich bei mir wirklich nicht beschweren können. Ich kenne mich aus in der Erotik. Da musst du nur die Elfi fragen. Die Elfi hat immer gesagt: Der Franz ist der einzige Mann, den ich kenne, der wirklich etwas von uns Frauen versteht. Und am Anfang hast du es ja auch gemerkt, sonst hättest du mich nicht genommen. Ich habe mir immer gedacht, die Resi ist halt noch ein bisschen verkrampft, das wird sich schon legen. Wenn sie ein bisschen mehr Sicherheit hat, habe ich mir gedacht, dann legt sich das bestimmt ganz von selbst. Aber du hast einfach keine richtige Sicherheit gekriegt. Nicht einmal durch unsere Heirat. Weil, ehrlich gesagt, ich habe es ja nur deshalb so eilig gehabt mit der Heirat, weil ich das gemerkt habe, dass du ein Mensch bist, der Sicherheit braucht im Leben. Ich habe mir gedacht, wenn ich dich erst einmal heirate, dann wird sich vieles ändern. Auch das Verhältnis zu deiner Mutter. Aber nichts. Im Grunde ist alles nur noch verkrampfter geworden. Das hat daran gelegen, dass du dich nicht entkrampfen wolltest. Schon gegen die Heirat warst du aus dem Grund. Nein, hast du gesagt, ich will nicht gleich heiraten, nein, hast du gesagt, nicht gleich Kinder, nein, nein, nein. Immer. Aber das Leben besteht aus Jasagen. Erwachsenwerden heißt Jasagen und dann dazu stehen, verstehst du mich? Das hast du nie getan. Immer nur den Kopf schütteln, immer nur die Beine zusammenpressen, immer nur stocksteif im Bett liegen, immer nur schweigen, vor sich hin starren. Nie lockerlassen und einmal so richtig herzhaft lachen und bumsen. Prost! Schau dir nur den Herd da an. Wie er schön glänzt! Weißt du, wie ich das gemacht habe? Das erkläre ich dir jetzt. Pass auf: Zuerst habe ich ein Abwaschschwämmchen genommen, habe darauf Spülmittel geträufelt und habe damit den Herd geschrubbt. Die hartnäckigeren Flecken habe ich mit einem feuchten Tuch nachgewischt. Und dann – jetzt kommt es – dann habe ich die Platte mit einem Stahlputzmittel eingerieben, wieder mit einem feuchten Tuch nachgewischt und dann noch mit Küchenrollenpapier trocken gerieben. Siehst du, wie das dann ausschaut? Kein Fleck, kein Streifen, nichts. Alles spiegelblank, alles glänzend. Nein, jetzt im Moment nicht mehr, weil ich habe einen Schluck Schnaps darübergegossen. Wart einmal, ich schalte die Herdplatte an, dann riechst du es noch besser. Mein Gott, das ist ein Duft. Der Erich ist ja letztlich auch am Alkohol gestorben. Ich meine, nicht offiziell, was war noch die offizielle Todesursache? Herzversagen oder was? Kreislaufkollaps? Schlaganfall? Na, ist ja auch völlig egal, das sind heute alles nur Folgeerscheinungen. Tatsache ist, dass er sich zu Tode gesoffen hat. Da kann mir niemand etwas vormachen. So etwas kenne ich. Hast du gesehen, wie der zum Schluss gegangen ist? Die Beine waren schon ganz steif. Und arbeiten hat er auch nicht mehr können. Ich habe ihm doch noch beim Hausbau kleine Hilfsdienste angetragen, er war ja ausgebildeter Elektriker. Da habe ich mir gedacht, er wird doch wohl noch ein paar Leitungen legen können. Aber nichts. Einmal wäre er fast von der Leiter gefallen, und dann habe ich gesehen, dass er über längere Zeit die Arme nicht mehr heben konnte. Er hat die Kraft dazu nicht mehr gehabt. Und das Bier, das der schon am Vormittag getrunken hat! Der Mensch war vollkommen am Ende. Und warum? Weil seine Frau gestorben ist. Hast du andersherum schon einmal eine Frau gesehen, die sich zu Tode säuft, weil ihr der Mann stirbt oder weil er sie verlassen hat? Ich nicht. Die stoßen sich doch alle gesund, wenn so ein Typ weg ist. Durch die Bank geht es denen nachher besser als vorher. Naja, das ist ja auch kein Wunder. Die kriegen eine dicke Witwenpension oder einen Unterhalt, der sich gewaschen hat. So wenig kann ein Kerl heute gar nicht verdienen, dass er nach einer Scheidung nicht den Großteil seiner Verflossenen geben muss. Überhaupt, wenn er schuldig geschieden wird, was ja meistens der Fall ist, denn irgendetwas findet sich immer, nicht wahr? Und es sind ja meistens die Frauen, die die Scheidung einreichen. Weil sie nämlich zu so etwas Zeit haben. Ein Mann, der arbeitet und sein Geld verdient, der hat doch gar keine Zeit, schon am helllichten Vormittag zu einem Scheidungsanwalt zu rennen und noch die ganzen Papiere zusammenzusuchen, sich die Geschichten auszudenken, die über den Partner erzählt werden, die Schriftsätze durchzulesen, zu unterschreiben undsoweiter. Aber die Weiber haben ja Zeit. Zuerst sitzen sie jahrelang mit ihren Freundinnen in den Wohnküchen herum und richten die Männer aus, statt dass sie einmal ihren Herd ordentlich putzen würden. Und bei dem Hin- und Hergerede mit den anderen frustrierten Weibern kommen sie natürlich auf blöde Ideen. Beschließen, dass sie einen Volkshochschulkurs in Italienisch belegen oder dass sie zu töpfern anfangen oder Medizin zu studieren. Oder dass sie sich scheiden lassen. Dann halten die Weiber natürlich zusammen. In so einem Fall nimmt dann die eine das Kind der anderen. Das Gleiche natürlich, wenn sie einen Liebhaber haben. So etwas bemerkst du als Mann gar nicht. Weil die Weiber sich da gegenseitig decken. Die Kinder werden hin- und hergeschoben, dass du nur so schaust. Das heißt, du schaust gar nicht, weil du ja an der Arbeit bist und folglich gar nichts sehen kannst. Höchstens, dass dir einmal auffällt, dass deine Frau plötzlich eine schwarze Unterhose trägt. Aber kaum hast du das gesehen, hat sie schon etwas darübergezogen, und am nächsten Tag hat sie wieder die alte wollene an. Frauen sind ja wesentlich raffinierter als Männer. So einem Mann siehst du natürlich den geringsten Fehltritt sofort an. Das kann mir doch kein Mensch erzählen, dass die Frau vom Rudi nicht gewusst hat, dass er sie jahrelang betrogen hat. Natürlich hat sie es gewusst. Das habe ja sogar ich gewusst. Sie wird schon irgendeinen Nutzen davon gehabt haben, dass sie geschwiegen hat. Wahrscheinlich finanzieller Art. Und als sie dann daraufgekommen ist, dass der Rudi nichts als Schulden gemacht hat, da hat sie auf einmal bemerkt, dass er sie betrügt und gleich die Scheidung eingereicht. Lächerlich. Selbst wenn sie es vorher nicht von alleine bemerkt hätte, dann hätte es ihr sofort eine ihrer besten Freundinnen gesteckt. Weil da herrscht nicht so eine Diskretion wie bei uns Männern. Ich meine, wenn ich erfahre, dass, sagen wir jetzt einmal, nur zum Beispiel, die Frau vom Toni ihn betrügt, dann sage ich natürlich kein Wort. Erstens, weil ich finde, das geht mich nichts an, und zweitens, weil ich den Toni ja nicht unglücklich machen will. Zu so etwas gehört doch ein Intrigantentum, dass ich hingehe und ihm das gleich brühwarm erzähle. Aber das waren die Weiber ja immer. Die größten Intriganten überhaupt! Was glaubst du, wie das in der Firma gelaufen ist, bevor die Entlassungen angestanden sind? Ich meine, in dem Moment, in dem durchgesickert ist, dass eingespart werden wird, ist die Intrigantenmaschinerie schon losgegangen. Und was war das Ergebnis? Drei Ingenieure haben sie entlassen, und die zwei Weiber sind geblieben. Das ist typisch. In jedem ähnlichen Fall wird es genauso laufen. Natürlich haben sie intrigiert, die Weiber. Die ganze Sache mit der Quotenregelung ist nichts als eine riesige Intrigantengeschichte. Denn wo gibt es denn so etwas in der freien Wirtschaft, dass nicht nach der Leistung entschieden wird, sondern nach dem Geschlecht? Wo kommen wir denn da hin, wenn sich das durchsetzt? Da wird aber bald gar nichts mehr gebaut. Gebumst werden sie haben mit dem Chef. Weil wie kommt der Chef sonst auf die Idee, dass er mich entlässt und die zwei Weiber nicht? Ah, du glaubst, ich bin parteiisch? Du glaubst, ich traue euch Frauen nicht zu, dass ihr gute Ingenieure sein könnt? Nein, nein, Resi, so einfach ist das nicht. Mach es dir nicht so einfach. Du hast zwanzig Jahre mit mir gelebt und hast immer gesagt, dass ich ein gutes Urteilsvermögen habe, dass ich sofort sehe, ob wer etwas kann oder nur blufft. Siehst du, so einfach ist das nicht. Die zwei Ingenieurinnen waren einfach schlechter als ich. Das ist eine Tatsache. Sie haben es auch selbst gewusst, weil sie immer, wenn sie Probleme gehabt haben, zu mir gekommen sind. Und ich Trottel habe ihnen natürlich geholfen. Weil es Frauen waren. Da ist man einfach milder im Urteil, als Mann. Ich habe die Fehler ausgebessert und kein Wort darüber verlauten lassen. Das war mein Fehler. Ich meine, bei einem Kollegen hätte ich es genauso gemacht. Wenn ein Kollege zu mir gekommen wäre und hätte mich um Rat gefragt – was oft vorgekommen ist, das kannst du mir glauben –, dann habe ich dem natürlich auch geholfen, auch schon einmal etwas ausgebessert. Aber Männer sind anders. Wenn der Kollege gemerkt hätte, dass er immer wieder die gleichen Fehler macht, dass er bestimmte Dinge einfach nicht gut genug beherrscht für seinen Job, dann hätte er sich daheim hingesetzt und hätte sich bemüht, die Sache nachzuholen. Oder er hätte sich einfach einmal mit mir am Abend verabredet, bei einem Glas Bier, und wir hätten sein Problem besprochen. Die Weiber nicht. Die haben es sich einfach gemacht: Wir haben ja den Franz. Der Franz wird die Sache schon ausbessern. Wir gehen zum Franz, wenn wir nicht weiterwissen. Und sagen darfst du natürlich kein Wort. Einmal habe ich so eine Andeutung gemacht, eine winzige Anspielung, dass sie doch versuchen sollten, die Sache selbst zu lösen. Na, da hättest du hören sollen, was da los war. Ein Gekreische und Gekeife sofort, das sich gewaschen hat: Typisch männliche Präpotenz, hat es geheißen, Oberlehrerton undsoweiter. Ich hätte keinen Teamgeist, hat es geheißen, der eine könne eben das besser und der andere das. Da sind mir die Nerven durchgegangen, und ich habe gesagt: Ja, die einen können besser die Kinder kriegen als die anderen. Es war eine Nervensache! Weil sie mich so blöd angeredet haben. Aber zufällig hat der Chef das gehört. Das hat mir natürlich geschadet, und wer weiß, vielleicht hat es am Ende sogar den Ausschlag gegeben für meine Entlassung. Der Chef hat jedenfalls dann die ganze Zeit von Teamgeist gefaselt, und wie wichtig er gerade in Zeiten der Rezession sei. Die zwei Weiber haben gegrinst, und ich bin dann später entlassen worden. Jahrelang habe ich denen die Pläne ausgebessert! Verstehst du, und wenn er jetzt ganz eingeht mit seiner Firma, dann heißt es: Die Rezession, die Rezession. Auf die Idee darfst du heute ja gar nicht kommen, dass es vielleicht an den Weibern liegt. Ich meine, drei Ingenieure in einer Firma und davon zwei Weiber, das entspricht doch keinem gesellschaftli-

chen Verhältnis. Da musst du einmal in die Ausbildungs-
stätten gehen oder in die Universitätslehrgänge, da
siehst du es genau. Zwei zu eins für die Weiber ist kein
Verhältnis! Ein Wahnsinn ist das. Schau, wie schön sie
leuchtet, die Herdplatte. Rot wie Feuer. Und stinken tut
so ein verbrannter Schnaps. Pass auf, Herd, ich gieße dir
noch ein bisschen mehr darüber. Ja, das zischt. Da fliegen
direkt die Funken. Feuerschlucker habe ich werden wollen als Kind. Oder Fakir. Mit dem Rücken auf einem Nagelbrett liegen und nicht bluten. So einen Fakir habe ich
einmal in Matrei in Osttirol gesehen. Damals hat mein
Vater noch gelebt. Wir waren im Urlaub dort. Und an einem Abend war eine Zaubervorstellung im größten
Gasthaus in Matrei. Das werde ich nie vergessen. Es waren zwei: ein Zauberer und ein Fakir. Der Zauberer hat
aus einer Zeitung, in der ein Krug abgebildet war, echten
Schnaps gegossen. Wasser aus dem Sudan, hat er das genannt. Ich war so begeistert, dass ich hätte weinen können. Und dann hat er gesagt, wir sollen alle unser Geburtsdatum auf einen kleinen Zettel schreiben und den
Zettel zusammenfalten. Daraufhin ist er mit einem Hut
herumgegangen und hat die zusammengefalteten Zettel
eingesammelt. Und dann hat er hineingegriffen in den
Hut, einen Zettel herausgenommen und in der Hand gerieben, und während er den Zettel in der Hand gerieben
hat, hat es ihn zu irgendjemanden im Saal hingezogen.
Das hast du direkt gesehen, wie es ihn zieht. Plötzlich ist
er vor jemandem stehen geblieben und hat ihm sein Geburtsdatum gesagt. Irgendwann ist er auf mich zugekommen. Das weiß ich noch, als ob es gestern gewesen
wäre. Als er sich in meine Richtung gedreht hat, habe ich

gleich gespürt, dass er zu mir kommen wird. Ich habe nicht gewagt, ihn anzuschauen, weil er hat so dunkle, glühende Augen gehabt. Ich habe mir gedacht, wenn ich dem in die Augen schaue, dann fangen meine Augen zu zucken an oder er hypnotisiert mich und ich mache was er sagt, ohne dass ich nachher etwas davon weiß. Ich habe also die Augen niedergeschlagen und aus den Augenwinkeln gesehen, wie er auf mich zukommt, und gespürt habe ich es auch. Es ist so eine eigenartige Kraft von ihm ausgegangen. Auf einmal bleibt er vor mir stehen und sagt mein Geburtsdatum. Aber korrekt! Da habe ich ihn dann angeschaut. Weißt du, es gibt so Momente, da sammeln sich plötzlich Erfahrungen, von denen du gar nicht gewusst hast, dass du sie gemacht hast. Da eröffnen sich Welten! Während ich dem Zauberer in Matrei in Osttirol in die Augen schaue, nachdem er mir mein Geburtsdatum gesagt hat, da ist es mir so vorgekommen, als ob sich eine andere Welt vor mir auftäte. Ich schaue dem in seine dunklen, glühenden Augen und spüre sofort, es gibt ein Leben, das ist ganz anders als das meiner Eltern. Eine Lebendigkeit, mit der verglichen meine Eltern wie Schwerkranke leben. Dieser Mann, das habe ich damals gespürt, der hat seine eigenen Regeln, der hat seine eigene Kraft, der braucht keine Gesetze, weil der hat seine eigenen, der braucht keine Regeln, weil der lebt, wie er will, der braucht keine Weiber, die ihm dreinreden, kein Haus, das ihn belastet, keine Kinder, die ihn binden. Der ist Herr seiner selbst. Ich weiß nicht, wie lange ich dem Zauberer in seine dunklen, glühenden Augen geschaut habe, er ist dann gegangen. Nachher haben die Leute so herumgetuschelt, ich war aber viel zu gebannt von dem Zauberkünstler, als dass ich darauf geachtet hätte, was sie tuscheln. Und noch später, im Bett dann, habe ich meine Eltern auch tuscheln gehört, und am nächsten Tag, als ich mich als Zauberkünstler verkleidet habe und die Zaubertricks ausprobieren wollte, da ist meine Mutter plötzlich hysterisch geworden und hat mir ihren schwarzen Mantel, den ich mir umgehängt hatte, heruntergerissen und gesagt: Spiel etwas anderes, sonst kriegst du eine Ohrfeige. Meine Schwestern haben später, als der Vater schon tot war, behauptet, der Zauberkünstler wäre ein verzauberter Fuchs gewesen, der mich holen wollte, und weil er mich nicht gekriegt hat, hat er den Vater genommen. Aber die Mädchen waren damals ja schon vollkommen hysterisch und haben überall nur mehr die blöden Füchse gesehen. Sag einmal, weißt du überhaupt, was der Herd da alles kann? Wahrscheinlich weißt du es nicht. Weil du kümmerst dich ja um nichts. Kauft sich einen Herd und studiert nicht einmal die Gebrauchsanweisung. Hat den Herd erst zwei Tage in der Küche stehen und lässt ihn schon verdrecken. So, jetzt drehen wir einfach einmal alle Knöpfe auf: alles auf Volldampf. Alle Platten sollen glühen. Schau, wie schön rot das leuchtet. Rot wie die Sünde. So ein Herd, der ist ja wie ein ganzes Puff. Jetzt noch das Backrohr, jawohl, den Grillspieß, wenn du es Sado-Maso willst. Schau her, den Backrost tun wir auch noch rein. Hörst du, wie es knackt und werkt? Komm, jetzt lasse ich ihn noch einmal zischen. Er kriegt den Rest vom Schnaps. Schmeckt mir ohnehin nicht mehr. Ich trinke jetzt lieber ein Bier. Der Oberhumer Kurt hat sich übrigens auch zu Tode gesoffen. Hast du das gewusst? Das hat fast niemand gewusst, weil der hat doch immer so einen korrekten Eindruck gemacht. Und sein Familienleben hat so harmonisch geschienen. Aber nur nach außen, nur nach außen. Nach innen war es die Hölle, das hat er mir selbst einmal gesagt. Die Frau muss eine Furie gewesen sein. Er hat ja nur Andeutungen gemacht. Der Oberhumer Kurt war viel zu korrekt, als dass er etwas Genaueres erzählt hätte, und auch, wenn er weniger korrekt gewesen wäre, hätte er keine Details erzählt. Wir sind ja nicht wie ihr, wenn ihr euch zum Kaffee trefft und über eure Männer herzieht. Ich weiß, dass da Details fallen. Euch ist ja nichts heilig. Intimität, so etwas kennt ihr doch gar nicht. Und wir stehen immer so da, wenn wir am Stammtisch einmal einen Witz machen. Aber das ist der Unterschied: Ein Witz ist immer etwas Allgemeines, ein Witz ist nie konkret, und wenn es ein Blondinenwitz ist, dann meinen wir die Blondine im Allgemeinen, verstehst du, und nicht die Frau vom Toni. Und ihr regt euch weiß Gott wie auf: Frauenfeindlich, frauenfeindliche Witze! Und selbst erzählt ihr vor versammelter Kaffeehausrunde, dass der eigene Mann keinen mehr hochkriegt. Warum, sagt ihr natürlich nicht. Und das Ganze nennt ihr dann noch Auseinandersetzung. Weißt du, was euch im Grunde gehört? Im Grunde gehört euch endlich einmal ein Spiegel vorgehalten. Im Grunde gehört ihr gezwungen, euch einmal selbst lange genug im Spiegel anzuschauen. Die Selbstgerechtigkeit in eurem Gesicht anzuschauen, die Faulheit und Feigheit. Wenn du wenigstens sagen würdest, mit wem du mich betrügst, wer dir die Wohnung in Wirklichkeit gesucht hat und wer sie bezahlt. Aber nichts, feig, selbstgerecht und selbstbetrügerisch, tut sie so, als könnte sie mit mir nicht mehr leben, als läge es an mir, dass sie gegangen ist. Schau nur einmal in den Spiegel, schau, wie du ausschaust. Schau dir dein eigenes verlogenes, feiges Gesicht an, die falschen Augen, den schmalen, verbitterten Mund. Mein Gott, bist du hässlich geworden. Hässlich vor Feigheit, Faulheit und vor Selbstgerechtigkeit. Und dazu noch deine dauernde Hysterie, der Verfolgungswahn, als ob man dir etwas tun wollte. Verlasse sofort das Haus, hast du herumgekreischt, als ich dir einmal meine Meinung gesagt habe. Aber warum, bitte, sollte ich mein eigenes Haus verlassen? Kannst du mir das erklären? Zuerst baut man ihr ein Haus, und dann soll man es verlassen, mitten in der Nacht. Das Kind schläft, hast du gesagt, ich kann das Kind nicht mit dir alleine lassen, also musst du gehen. Unglaublich. So eine Logik müssten wir erst einmal haben. Man kann ein Kind nicht mit uns alleine lassen! Weil wir einen Schluck getrunken haben? Man wird ja wohl noch ein Glas Bier trinken dürfen und trotzdem keine Gefahr sein für sein eigenes Kind. Und dass ich dir meine Meinung gesagt habe, das hat nichts mit dem Alkohol zu tun gehabt. Aber auch schon gar nichts. Weil meine Meinung sage ich jederzeit, ob mit oder ohne Schnaps. Ich habe noch nie einen Schnaps gebraucht, damit ich irgendwem meine Meinung sage, und damit ich dir meine Meinung sage, dazu brauche ich schon gar keinen Schnaps. Weil du bist so etwas von feig, du zuckst ja schon zusammen, wenn man einmal ein bisschen seine Stimme erhebt. Du hältst dir ja schon die Arme vor das Gesicht, wenn ich Luft hole. Du fällst ja schon mit dem Kopf gegen die Wand, wenn ich dir einfach nur eine herunterhaue. Es ist jämmerlich. Ich soll mitten in der Nacht mein eigenes Haus verlassen, weil sie zu feig ist, sich die Wahrheit über sich selbst anzuhören. Und damit treibt ihr uns immer weiter hinein. Wenn jemand zusammenzuckt, nur weil der eigene Mann ins Zimmer tritt, ja, was erwartet ihr dann? Ihr macht uns zu Monstern. Ihr beschwört die Gewalt ja direkt herauf. Und dann steht in der Zeitung: Alkoholisierter Ehemann bedroht seine Familie! Und in Wirklichkeit hat ihn seine Frau bis zur Weißglut gereizt. Aber so sind die Weiber. Die lassen sich lieber erschlagen, bevor sie einmal eine Tatsache akzeptieren. Schau sie dir doch an, der Reihe nach: den Kurt, den Rudi, den Toni, den Erwin, den Erich. Die sind doch allesamt ruiniert oder haben sich ohnehin schon zu Tode gesoffen. Und ihre Frauen? Keiner Einzigen ist ein Haar gekrümmt worden. Prima leben die alle, entweder vom Unterhalt oder von der Witwenpension. Schau dich doch einmal in den Kurorten um. Wer rennt da herum, hm? Lauter Weiber, die ja erwiesenermaßen durchschnittlich fünf Jahre älter werden als die Männer. Die Männer sind aufgebraucht, wenn sie in Pension gehen, erledigt. Die Frauen fangen dann erst zu leben an. Die gehen auf Reisen und leben im hohen Alter noch einmal mit einem zusammen, der es durchgestanden hat. Aber in wilder Ehe, damit die Witwenpension nicht gestrichen wird. Oder wenn sie keinen finden, mit dem sie in wilder Ehe zusammenleben können, weil ja die meisten Männer in dem Alter todkrank sind oder sowieso schon tot, dann treffen sie sich mit den anderen Witwen in Kaffeehäusern. Dort sitzen sie goldbehängt herum, richten im Nachhinein noch ihre toten Männer aus und fressen Torten. Oder sie gehen kneipen, machen Fitnessurlaub oder ziehen nach Mallorca. Da sitzen auch die anderen geknechteten Frauen herum und lachen sich heimlich ins Fäustchen. Damals in Matrei, als ich dem Zauberer in die Augen geschaut habe, da war mir das alles im Grunde schon klar. Obwohl ich damals noch nicht einmal zehn Jahre alt gewesen sein kann, weil ja mein Vater noch gelebt hat. Und als dann der Fakir aufgetreten ist, mit nacktem Oberkörper, und seine Assistentin das Nagelbrett gebracht hat, da ist es mir richtig kalt den Rücken hinuntergelaufen. Ich sehe das heute noch vor mir. Die Assistentin hat lange schwarze Haare gehabt und Stirnfransen. Sie hat einen engen blauen Rock getragen und oben nur ein knappes blaues Oberteil. Das Brett hat sie unter dem Arm getragen, als ob es ein Nudelbrett wäre. Dann hat sie den Fakir angeschaut – aber mit was für einem Blick! – und das Nagelbrett auf den Boden gestellt. Die Nägel waren circa fünfzehn Zentimeter lang. Der Fakir ist vor seiner Assistentin gestanden wie ein Kind. Dabei war er ein großer kräftiger Mann mit ausgeprägter Arm- und Bauchmuskulatur. Langsam hat er sein Hemd ausgezogen, und die ganze Zeit, während er es ausgezogen hat, hat er seine Assistentin angeschaut. Sie hat gelächelt. Nachdem er sein Hemd ausgezogen hatte, hat sie es ihm mit zwei Fingern abgenommen, als ob es schmutzig gewesen wäre. Sie hat den Arm ausgestreckt und das Hemd auf den Boden fallen lassen. Der Fakir ist dann von der Bühne heruntergesprungen und hat dem Publikum seinen Rücken gezeigt. Es war ein glatter brauner Rücken. Sein Gesicht war dabei der Bühne zugewandt. Ununterbrochen hat er der Assistentin in die Augen geschaut. Dann ist er mit einem einzigen seitlichen Sprung auf die Bühne zurückgehüpft und hat sich auf das Nagelbrett gelegt. Ich hätte fast geschrien vor Schreck, so schnell ist das gegangen. Blitzschnell hat er sich daraufgelegt, als ob er es sich sonst noch einmal anders überlegen würde. Die Assistentin hat mit keiner Wimper gezuckt und ein zweites Brett hinter der Bühne hervorgeholt. Auch das zweite Brett hat sie irgendwie wie ein Nudelbrett getragen. Gefühllos jedenfalls. Sie hat es fast auf den Fakir geworfen. Ich habe richtiggehend die Luft angehalten vor Spannung. Da geht dieses schwarzhaarige Biest ganz langsam von der Bühne herunter, lächelt geziert, geht langsam ins Publikum, wiegt sich dabei in den Hüften – im Bauchnabel hat sie einen blauen Stein getragen, das habe ich genau gesehen, weil sie auch an unserem Tisch vorbeigekommen ist –, lächelt verführerisch, oder was man halt so verführerisch nennt, mit gebleckten Zähnen und gierigen Augen, und bleibt auf einmal vor einem Tisch in unserer Nähe stehen. An dem Tisch haben fünf junge Burschen aus Matrei gesessen, alle fünf Bergführer, das habe ich gewusst, weil mein Vater mit einem von ihnen einmal auf einen Berg gegangen ist. Alle fünf waren kräftig, jung, braun gebrannt, schön. Da steht das schwarzhaarige Luder und sucht sich den Kräftigsten und Schönsten aus. Den nimmt sie dann bei der Hand, und der lässt sich von der falschen Kuh wie hypnotisiert auf die Bühne ziehen. Sie stellt ihn vor dem Fakir auf. Dann kommt sie wieder herunter von den Bühne, wiegt sich wieder in den Hüften, grinst wieder herum im Saal, bleibt wieder vor einem Tisch stehen, diesmal vor einer Bauernfamilie, nimmt den dicksten der Familie, einen vielleicht 16-jährigen, vollkommen verfressenen Bauern-sohn, bei der Hand und schleppt ihn auch hinauf auf die Bühne. Undsoweiter. Das Ganze macht sie, bis sie vier kräftige Männer beisammen hat. Ich habe nur gehofft, dass sie nicht an unseren Tisch kommt, weil ich habe mir gleich gedacht, dass sie auch einen Familienvater braucht. So ein Luder macht ja nichts ohne Hintergedan-ken. Ich weiß nicht, was ich getan hätte, wenn sie meinen Vater geholt hätte. Ich glaube, ich hätte sie angefallen, ich hätte ihr das blöde Gesicht zerkratzt, oder ich hätte sie einfach angesprungen. Jedenfalls hätte ich nicht zugelas-sen, dass sie meinen Vater holt, das schwöre ich dir. Gott sei Dank war ihr mein Vater vermutlich nicht groß und kräftig genug, sie hat ihn zwar einmal kurz fixiert, auch meine Mutter und mich, aber dann ist sie weitergegan-gen. Jedenfalls stehen am Ende vier kräftige Männer vor dem Fakir, der auf seinem Nagelbrett liegt mit einem zweiten Brett über Brust und Bauch. Und jetzt kommt es: Die schwarze Schlampe nimmt den ersten Mann bei der Hand und führt ihn hinauf auf das Brett, das auf dem Fa-kir liegt. Und der wehrt sich nicht. Man hat direkt gese-hen, wie der Körper des Fakirs ein Stück auf die Nägel unter ihm gesunken ist. Dann zieht sie den Bergführer hi-nauf, ratsch, wieder sinkt der Fakir ein Stück in die Nä-gel hinein. Undsoweiter. Alle vier sind hinaufgestiegen. Und der Fakir unter ihnen ist, ohne auch nur einen Laut von sich zu geben, ganz auf die Nägel gesunken. Du hast nicht einmal mehr ein Stück Metall unter seinem Rücken gesehen. Gar nichts. Fünfzehn Zentimeter spitze Nägel sind vollkommen in seinem Rücken verschwunden. Als ob er jetzt wirklich auf einem flachen Nudelbrett liegen würde, hat das ausgesehen. Du hättest im Saal eine Stecknadel fallen hören, so still war es. Nur ab und zu hat jemand geseufzt. Aber nicht der Fakir. Einen Augenblick ist die Zeit stehen geblieben. Das Licht war plötzlich halb ausgedreht, es hat eine diffuse Dämmerung geherrscht. Nur das Gesicht des Fakirs war ausgeleuchtet, weiß hat es ausgeschaut mit blutroten Lippen und dunklen Ringen unter den Augen. Alles andere dämmrig. Du hast richtig gespürt, wie schwer die vier Männer sind, die auf dem Fakir stehen. Stille, draußen war es schon finster, durch das Wirtshausfenster hast du den Mond gesehen. Aber ich glaube nicht, dass außer mir jemand auf den Mond geachtet hat. Nur ich habe auf den Mond geschaut, weil ich es nicht mehr habe mit ansehen können, wie die vier Männer auf dem Fakir stehen, und weil ich gespürt habe, dass das alles etwas mit meinem zukünftigen Leben zu tun hat, was, habe ich natürlich nicht wissen können, aber ich habe so ein Gefühl von Schwere gehabt, und eine Traurigkeit war plötzlich da, wie ich sie vorher nicht gekannt hatte. Vielleicht hab ich ja geahnt, dass mein Vater krank ist und bald sterben wird und dass sich alles in meinem Leben ändern wird und dass meine Mutter nicht aufhören wird, Nacht für Nacht zu weinen, und dass die Füchse um das Haus schleichen werden. Vielleicht habe ich eine Gefahr geahnt, ein Schicksal, eine Düsternis, oder vielleicht habe ich nur im Nachhinein gedacht, dass ich damals schon alles habe kommen sehen. Vielleicht habe ich in Wirklichkeit gar nichts kommen sehen, sondern einfach nur die ganze Schwere gefühlt, die das Leben haben kann, das ganze Verhängnis mit der Schwerkraft in einem einzigen Bild. Dazu die glühenden

Augen des Zauberers, die traurigen, irgendwie fast erloschenen Augen des Fakirs, und die gierigen Augen der Assistentin, alles zusammen. Jedenfalls habe ich es nicht mehr mit anschauen können, da habe ich zum Fenster hinausgeschaut und den Mond gesehen, der so bleich am Himmel gestanden hat, fast voll, aber nicht ganz, und das Licht, das er ausgestrahlt hat, war gar nicht mild, sondern fahl, kalt und trostlos. Als ich dann wieder auf die Bühne schaue, war das Licht wieder an, und die Leute haben auch wieder zu sprechen begonnen, und plötzlich sind die vier Männer von dem Fakir heruntergesprungen und haben gelacht. Die Assistentin war verschwunden. Dafür ist der Zauberer hinter der Bühne hervorgekommen, ohne Hut, hat auch gelacht, den Fakir bei den Händen genommen und ihn langsam von den Nägeln hochgezogen. Er muss ganz schön ziehen. Ein paar Frauen im Saal kreischen, der Fakir kommt hoch, noch mehr Licht geht an, es ist jetzt so hell im Saal, dass man den Mond draußen nicht mehr erkennen würde, selbst, wenn man hinsähe, der Fakir kommt von der Bühne herunter, geht wieder im Saal herum, wieder mit dem Rücken zum Publikum. Diesmal schaut er den Zauberer an, der auf der Bühne stehen geblieben ist. Der Zauberer lächelt. Der Fakir auch. Wir sehen jetzt die tiefen Löcher in seinem Rücken. Aber keinen einzigen Tropfen Blut. Nichts. Nur fünfzehn Zentimeter tiefe Löcher. Der ganze Rücken genagelt. Aber ohne Blut.

7

Ich werde die Frauen nie verstehen. Da schweigen sie zwanzig Jahre lang, und auf einmal sind sie weg. Das geht einfach nicht hinein in meinen Kopf. Warum hast du denn nichts gesagt? Nicht zum Schluss, da hast du ja manchmal etwas gesagt, sondern früher, als es noch nicht zu spät war. Da hast du doch nie etwas gesagt. Du hast immer nur gesagt, dass ich so einen Realitätssinn habe und dass ich so einen Überblick habe und den nie verliere, und dass du immer so leicht in Panik gerätst und dann froh bist, dass ich diese Panik nicht habe, sondern den Überblick, und dass ich den nie verliere. Ich meine, du warst doch immer froh, dass ich so war, wie ich war. Und ich habe dich gesichert. Wir waren ein Idealpaar. Niemand hat in Wirklichkeit gewusst, was für eine Angst du vor allem gehabt hast, und dass du, bevor wir uns kennen gelernt haben, nicht einmal eine Rindsuppe hast kochen können. Erinnerst du dich? Und gerade deine Rindsuppe haben sie nachher alle so gelobt. Und deine Vogerlsalate mit Hühnerbruststreifen. Aber das war, bevor die Hühnerbruststreifen auf Salat überall modern geworden sind, so dass man heute in bestimmten Lokalen praktisch nur mehr Salat mit Hühnerbruststreifen essen kann. Damals hat man das nicht gekannt. Und die Frauen von meinen Freunden haben sich von dir das Rezept geben lassen. Auch von deinem Tiramisu. Weil das hat damals ja auch noch kaum jemand gekannt.

Und Panna cotta auch nicht. Du hast immer eine Vorliebe für das Besondere gehabt, aber ohne mich hättest du dir das Besondere nicht zugetraut. Ich habe dich immer unterstützt. Wenn jemand zu uns gekommen ist, dann habe immer ich geredet, nicht du. Natürlich haben dann alle geglaubt, ich bin ein Macho, der immer nur Monologe hält und seine Frau nicht zu Wort kommen lässt. Weil das haben die Menschen ja nicht gewusst, dass du sowieso nichts gesagt hättest. Bis vor fast einem Jahr jedenfalls nicht. Seit ungefähr einem Jahr hast du manchmal etwas sagen wollen, das gebe ich ja zu, aber da war ich schon so gewöhnt, dass immer nur ich rede, da habe ich vielleicht das eine oder andere Mal übersehen, dass du auch etwas hättest sagen wollen. Ich gebe es zu, Resi, weil ich nicht so bin wie du, dass ich nichts zugeben würde und immer alles nur zurückschieben würde auf den anderen. Wenn du mich einmal kritisiert hättest und du hättest mit deiner Kritik Recht gehabt, dann hätte ich gesagt: Ja, du hast Recht, Resi. Aber du hast mich ja nie kritisiert. Du hast nur genörgelt und gejammert. Ich weiß, dass du eine Schilddrüsenunterfunktion hast, aber das ist noch lange kein Grund, mich zu erpressen. Ich kann dich nicht schonen, nur weil du es mit der Schilddrüse hast, verstehst du mich? Weil in dem Moment lasse ich mich erpressen. Und da hast du nichts davon. Weil wenn ich dir nicht sage, was ich denke, und wenn ich nicht tue, was ich für richtig halte, nur weil du es mit der Schilddrüse hast, dann fällt das nämlich sowieso auf dich zurück. Weil dann bin ich am Ende nicht mehr ich selbst, und deine Schilddrüse wird auch nicht besser davon. Dass ich mich von deiner Schilddrüse nicht erpressen lasse, heißt aber noch lange nicht, dass ich sie übersehe. Ganz im Gegenteil! Ich habe dich zu der Kur in Norddeutschland überredet, was sich ja am Ende als verhängnisvoll herausgestellt hat. Weil ich glaube bis heute, dass du dort den anderen kennen gelernt hast. Da kannst du leugnen, so lange du willst. Dort hast du ihn kennen gelernt. Hier hättest du ja gar keine Zeit für so etwas gehabt. Und ich selbst habe dich noch hingeschickt! Ja, ich weiß, dass du die Kur bezahlt hast, aber das war ja nur, weil ich zu der Zeit schon entlassen war. Wenn ich nicht entlassen gewesen wäre, dann hätte natürlich ich die Kur bezahlt. Ich habe doch immer alle Urlaube bezahlt – oder? Und entlassen bin ich auch nicht aus eigener Schuld worden. Das weißt du genau. Also erzähle mir nicht, dass du deine Kur selbst bezahlt hast oder angeblich die Hälfte von dem Haus da. Weil, wenn du nämlich glaubst, dass du dann ein Recht zu irgendetwas hast, dann täuschst du dich. Ich werde dir die Hälfte von dem Haus nie und nimmer auszahlen. Du bist ausgezogen, nicht ich, du hast dir einen anderen Partner gesucht, nicht ich, du hast mir das Kind weggenommen, nicht ich dir. Da werde ich doch nicht das Haus, das ich selbst entworfen und gebaut habe, verkaufen, damit ich dich auszahlen kann. Und den Großteil habe ich auch bezahlt. Mehr als die Hälfte. Wovon hättest du die andere Hälfte denn bezahlen sollen? Von den paar Kleidern, die du nähst? Ich weiß schon, dass dich die Leute neuerdings gut bezahlen, aber so viel kann man für die paar Kleider, die du in deinem Leben genäht hast, gar nicht bezahlen, dass du davon die Hälfte dieses Hauses hinblättern könntest. Dass das nicht in deinen Kopf hineingeht. Du kannst deine Rechnungen behalten. Ich will sie gar nicht sehen. Was ich weiß, weiß ich. Schließlich habe ich die Kalkulation gemacht und nicht du. Ich weiß genau, was das Haus gekostet hat und was ich da hineingesteckt habe. Ich bin ja auch nicht mit jeder Rechnung zu dir gerannt. Was wisst denn ihr, was ein Dach kostet. Oder ein einziges Fenster. Allein die Waschbecken! Oder die Kacheln im Bad! Aber das ist es ja, was einen zum Wahnsinn treiben könnte: Zuerst kümmert ihr euch um nichts, und dann stellt ihr Ansprüche. Wenn du unbedingt wissen willst, wie viel du mit dem Nähen von den paar Kleidern verdient hast, dann hättest du dir halt schon vor ein paar Jahren ein eigenes Konto einrichten müssen. Nicht immer abwarten und abwarten und dann irgendetwas ins Blaue hinein behaupten. Hätte ich vielleicht noch hergehen sollen und für dich das Konto einrichten, damit du mir später vorrechnen kannst, dass du den Unterhalt für die Familie bestreitest? Und wenn du dir ein eigenes Konto eingerichtet hättest, dann wäre auch das Kindergeld auf dein Konto überwiesen worden, und dann hättest du es jetzt. Das ist nämlich immer das Gleiche: zuerst alles verschlampen, sich um nichts kümmern und dann Ansprüche stellen. Das Kindergeld kriegst du nicht! Allein für das Haus könnte ich es schon behalten. Dass du jetzt nicht mehr in dem Haus wohnst mit meinem Sohn, das ist ja nicht meine Schuld. Und gebaut habe ich es auch nicht für mich, weil ich nämlich nichts anderes brauche als eine Garage, wo ich meine Erfindungen machen kann. Das Haus ist eine Belastung für mich. Die Belastung habe ich auf mich genommen, damit mein Sohn ein Zuhause hat. Ich habe mir nicht selbst einen Traum erfüllt, wie du das jetzt hinstellen willst. Mein Traum ist immer gewesen, dass ich mich um nichts als um meine Erfindungen kümmern kann oder dass ich als Einhandsegler um die Welt fahre. Und sonst gar nichts. Das Haus habe ich für euch gebaut. Für meinen Sohn, damit er später etwas hat, das ihm gehört, und für dich, damit du ein bisschen Sicherheit hast. Und das ist jetzt der Dank. Wegen zehn Monaten Kindergeld verfolgst du mich jetzt schon wochenlang. Der Franz zahlt mir das Kindergeld für seinen Sohn nicht aus! Glaubst du, ich weiß nicht, dass du das überall herumerzählst: Der Franz versäuft das Kindergeld seines Sohnes! Der Franz sitzt den ganzen Tag vor dem Fernseher und trinkt Bier! Der Franz hält keine Verabredung ein! Der Franz kümmert sich nicht um seinen Sohn! Ja, was glaubst denn du? Zuerst nimmst du ihn mir weg, und dann soll ich antanzen, wenn du mich brauchst. Das könnte dir so passen, dass ich mit deinem Sohn Eis laufen gehe und mir die Füße abfriere, und du triffst dich mit irgendeinem Kerl im Kaffeehaus. Oder ich nehme das Kind gleich die ganzen Ferien, damit du herumbumsen kannst Tag und Nacht. Aber nicht mit mir! Die Tour vermassle ich dir. Und das Kindergeld liegt noch auf der Bank. Das rührt mir keiner an. Und du schon gar nicht. Das hebe ich auf. Weil man weiß ja nie, was noch alles passiert. Was weiß ich, was du machst mit dem Kind. Am Ende ziehst du nach Wien, und ich sitze da und kann mir nicht einmal die Bahnfahrt leisten, damit ich mein Kind sehe. Dafür hebe ich es auf. Oder ich brauche es für einen Wintermantel oder für Winterschuhe für meinen Sohn. Weißt du überhaupt, was das kostet? Das kann ich mir nicht leisten von meiner Arbeitslosenunterstützung. Dafür ist das Geld bestimmt. Weil das nicht angeht, dass ich dir das Geld überweise, und du kaufst dafür alles für meinen Sohn und ich hätte dann kein Geld mehr, dass ich ihm auch etwas kaufen könnte. Darum behalte ich das Kindergeld. Und es ist mir ganz egal, was du herumerzählst über mich oder was deine verblödeten Freundinnen über mich denken oder das Sozialamt. Das ist mir egal. Die sollen nur kommen. Jugendamt! Denen werde ich etwas erzählen. Das wird sowieso Zeit, dass sich die einmal anhören, in was für einer Lage wir eigentlich sind als Väter. Darüber hört man ja nichts. Immer ist nur von den Frauen die Rede. Unterdrückung undsoweiter, Quotenregelung. Und was ist mit uns? Wir arbeiten unser Leben lang, finanzieren alles, dürfen im Haushalt mithelfen, weil sonst gelten wir ohnehin als die letzten Machos, dürfen abends, wenn wir von der Arbeit kommen, noch die Kinder vom Hort abholen, weil die Mutter ja unbedingt arbeiten muss, obwohl sie erwiesenermaßen weniger verdient als Frau, und dann, wenn es soweit ist, dass sie sich gesundgestoßen hat oder dass sie irgendetwas entdeckt hat: Töpfern, Studieren, den Buddhismus, was weiß ich, oder sie hat sich im letzten Moment einen Trottel aufgerissen, der noch nicht weiß, wie das läuft mit den Frauen, dann packt sie ihre Kinder und ist weg. So schnell kannst du gar nicht schauen. Und wo sind da, bitteschön, unsere Rechte? Da traut man sich doch gar nicht, sein Kind zu lieben, wenn es einem jeden Augenblick weggenommen werden kann. Der Franz kümmert sich nicht um das Kind. Er kümmert sich nicht. Weißt du, warum nicht? Weil ich es nicht anschauen kann, ohne zu heulen, darum. Weil ich es nicht mehr habe, darum. Weil ich es nachher wieder hergeben muss, darum. Weil bei jedem Besuch der Abschied schon vorprogrammiert ist, darum. Das halte ich nicht aus. Und das ist ja diese ganze himmelschreiende Ungerechtigkeit, über die man erst einmal hinwegkommen muss. Zuerst nehmen sie einem das eigene Kind weg, dann soll man ihnen das Kindergeld überlassen, und dann soll man noch Unterhalt für das Kind zahlen. Ja, was müsst denn ihr dann eigentlich noch zahlen? Gar nichts offenbar. Gar nichts. Ich habe das schon dem Richter gesagt, bei unserer Scheidung, als der gesagt hat, zweitausend Schilling Unterhalt für das Kind wären zu wenig. Da habe ich schon gesagt, ja muss denn meine ehemalige Frau eigentlich gar nichts bezahlen? Das Essen kostet ja so gut wie nichts, das Kind isst ohnehin wie ein Spatz, und kochen muss sie sowieso, ob sie jetzt für eine Person kocht oder für zwei, fällt so gut wie gar nicht ins Gewicht, und wohnen muss sie auch sowieso, Licht, Heizung etc., das braucht sie alles für sich selbst auch, und die paar Socken und Unterhosen, die das Kind braucht, die kosten auch kein Vermögen. Da hat der Richter gesagt, es koste eben alles zusammengenommen doch ein Vermögen. Ein Vermögen, das hat er wörtlich gesagt. So ein Schwachsinn. Und ich weiß auch, warum er den Schwachsinn von sich gegeben hat: weil er zu dir gehalten hat. Weil die Richter heute alle zu den Frauen halten. Weil sie Angst haben, dass sie als Machos dastehen, und weil natürlich überall in den Jugendämtern eine Frau an entscheidender Stelle sitzt. So einem Richter sind doch heute von den Emanzen die Hände gebunden, der kann sich ohnehin nicht mehr frei entscheiden. Genauso in der Fürsorge, bei der Familienberatung, bei den

Zeitungen. Da sitzen doch inzwischen überall Frauen an entscheidender Stelle. Da heißt es halt, sich in Frauenfragen zu ducken. Wer traut sich denn heute, einmal ehrlich und offen zu sagen, was da eigentlich mit uns Männern geschieht? Der Richter hat ja nicht nur gesagt, dass ein Kind ein Vermögen kostet – was an und für sich schon Schwachsinn ist –, sondern auch, dass die Mutter, wenn das Kind bei ihr bleibt, den Unterhalt sozusagen ohnehin schon in Arbeit bezahlt. Indem sie für das Kind sorgt. Und das ist eine Unverschämtheit. Erstens einmal sorgt die Mutter wohl auch in der Ehe für das Kind, und da bezahle ich sie ja auch nicht extra dafür, und zweitens einmal hat ihr ja niemand gesagt, dass sie den Mann verlassen und alleine für das Kind sorgen soll. Das heißt, sie gewinnt auf jeder Linie: Sie ist ihren Mann los, wird bezahlt für die Erziehung, kriegt vom Staat Kindergeld, wird bevorzugt bei den Hortplätzen, damit sie arbeiten gehen kann, kann herumbumsen, so viel sie will und mit wem sie will, und der Mann, der zurückbleibt, der zahlt und zahlt. Und das nennt ihr dann Gleichberechtigung. Ich nenne das: aussaugen des Mannes. Bis zum letzten Blutstropfen. So viel kann ein Mann ja gar nicht verdienen, dass er sich noch einmal eine Existenz aufbauen könnte, wenn ihm die Frau mit den Kindern davongelaufen ist. Die Frauen hingegen gewinnen: Geld, Freiheit und Macht über das Kind und den verlassenen Mann. Denn wenn der Mann nicht pariert, kann ihm seine Exfrau jederzeit die Kinder vorenthalten: eingeschränktes Besuchsrecht oder Entzug des Besuchsrechts. Sie kann den Mann demütigen, indem sie ihn zwingt, Verabredungen zu treffen: Montag Freitag du, Samstag Sonntag ich. Was weiß ich. Alle möglichen Konstrukte sind da gang und gäbe. Welcher Mann kann sich denn an so etwas halten? Die meisten Männer haben schließlich Verpflichtungen und Berufe, die sich mit solchen Abmachungen nicht vereinbaren lassen. Wie das zum Beispiel bei mir war. Wenn ein neuer Auftrag hereingekommen ist, oder wir waren im Verzug mit einem alten Auftrag, dann wurde vorausgesetzt, dass wir alle Überstunden machten. Sind ja auch besser bezahlt worden! Oder du bist zum Beispiel Betriebsrat. Ja, das weißt du als Betriebsrat auch nicht drei Monate vorher, wann du eine Sitzung einberufen musst. Oder du organisierst einen Stammtisch oder einen Kegelabend. Das sind keine reinen Vergnügungen, wie ihr Frauen immer tut. Das sind Notwendigkeiten. Die halten einen Betrieb zusammen. Die stiften Kameradschaft. Die Kollegenschaft braucht so etwas. Nicht unbedingt immer und jederzeit, aber prinzipiell. Warum glaubst du, floriert die japanische Wirtschaft? Die Firma organisiert bei denen alles: das Biertrinken nach der Arbeit, den Urlaub mit der Familie im firmeneigenen Hotel, den gemeinsamen Puffbesuch. So etwas bindet! Da kann der Einzelne nicht sagen: Ich komme heute nicht, weil ich habe meiner Ex zugesagt, Montag, Donnerstag und Freitag den Sohn aus dem Kindergarten abzuholen und zur Großmutter zu fahren. Das bringt doch das ganze Programm durcheinander. Oder denk an dieses durch und durch unnatürliche Konstrukt, das sich die Vroni ausgedacht hat: Vier Tage hat sie die Kinder und drei Tage hat sie der Manfred. Ein Wahnsinn! Die Kinder sind nur mehr mit Rucksäcken und Taschen unterwegs. Einmal hier, einmal dort, eine Familie da, eine dort, da muss man ja verrückt werden. Dass die Kinder das überhaupt mitmachen, wundert mich. Der Manfred war jedenfalls am Ende seiner Kräfte, bis er dann seine jetzige Lebensgefährtin gefunden hat. Vorher war der nur mehr im Stress: Haben die Kinder auch alles für die Schule? Haben sie ein sauberes Gewand? Geschnittene Fingernägel? Die Turnschuhe dabei? Wenn nicht, schnell in das Auto, zur Vroni geflitzt, Turnschuhe geholt undsoweiter. Der Manfred hat oft am Abend um zehn Uhr noch Wäsche gewaschen. Das habe ich selbst gesehen, weil wir haben ja einmal die Woche den Kartenabend bei ihm gehabt. Er ist dagesessen und hat so getan, als wäre nichts, und alle zehn Minuten ist er in das Badezimmer gesaust und hat die Waschmaschine abgestellt oder angestellt, Wäsche heraus, neue Wäsche hinein, Handtücher aufgehängt zum Trocknen, abgenommen und zusammengelegt und in den Schrank. Oder er hat zwischen zwei Kartenpartien schnell das Pausenbrot der Kinder für den nächsten Tag vorbereitet. Der war immer hochrot im Gesicht, der Manfred. Auf dem Rücken hat ihm das Hemd geklebt, so nassgeschwitzt war er. Ich weiß schon, was du mir erzählen willst. Du willst mir erzählen, dass du auch nassgeschwitzt warst und abends um zehn noch Wäsche gewaschen hast. Aber das war deine eigene Schuld! Das ist der Unterschied. Der Manfred hat nicht anders können, weil er tagsüber arbeiten musste, verstehst du mich? Dich hat aber niemand gezwungen, arbeiten zu gehen. Du hast es freiwillig getan. Und entweder, ich mache etwas freiwillig und stehe dann dazu, oder ich mache es eben nicht. Das meine ich ja auch mit deiner Schilddrüsengeschichte. Entweder man zieht Konsequenzen oder man schweigt. Aber du kannst es nicht mir anlasten, wenn du dir einbildest, unbedingt für fremde Leute Kleider nähen zu müssen. Und ich werde nicht für deine Entscheidungen den Preis zahlen! Auch dann nicht, wenn du eine Unterfunktion der Schilddrüse hast. Weil es bleibt deine Entscheidung. Niemand hat dich gezwungen, Kleider zu nähen oder im Supermarkt an der Kasse zu arbeiten. Niemand. Und ich lasse mich andersherum nicht von dir zwingen, den Hausmann zu spielen, nur weil du nähst und ich entlassen worden bin. Weil ich kann nämlich nichts dafür, dass ich entlassen worden bin. Ich bin Opfer der Quotenregelung geworden. Die Lösung für den Manfred war seine jetzige Lebensgefährtin. Da hat er natürlich unglaubliches Glück gehabt. Weil: Die Frau ist praktisch auf ihn zugekommen. Er hätte ja gar keine Zeit gehabt, sich eine neue Frau zu suchen, bei dem Programm, das ihm seine Ex gemacht hat mit den Kindern. Aber seine neue Lebensgefährtin hat in demselben Haus gewohnt, und die hat gesehen, wie der Mann sich abstrampelt. Na ja, es gibt eben auch bei den Frauen solche und solche. Erika heißt sie. Schaut nicht einmal schlecht aus. Muss Torschlusspanik gehabt haben, dass sie den Manfred mit den Kindern und trotz des Unterhalts, den der monatlich für die Kinder und seine Ex zahlt, nimmt. Die Frau ist dreiundvierzig und unverheiratet. Da kriegen die meisten Angst. Um Kinder zu kriegen, ist sie ohnehin zu alt, da hat sie dann auf einen Schlag gleich zwei. Aber nur drei Tage in der Woche. Die anderen vier Tage hat sie den Manfred allein. Im Grunde eine ideale Lösung für sie. Sie hat den Manfred schon ziemlich auf Vordermann gebracht. Den hättest du sehen sollen, bevor sie bei ihm eingezogen ist. Mein Gott, der Mann war erledigt! Hochrot im Gesicht, wie gesagt, der Rücken schweißnaß, Schweißhände sowieso, immer dicker ist er geworden, weil er sich und die Kinder offenbar nur mehr von Chips und Würstel ernährt hat, und das kannst du dem Mann nicht vorwerfen, der hätte nach seiner Arbeit doch gar nicht die Zeit gehabt, noch groß einkaufen zu gehen. Die Folgen: Bluthochdruck, Blutfett, Cholesterinspiegel bedenklich, Herzrhythmusstörungen. Und dann der Manfred ein Jahr später, nachdem die Erika bei ihm eingezogen ist: schlank und blass wie vorher. Die Ruhe selbst. Den Manfred haben sie in der Firma immer den Felsen in der Brandung genannt. Das war er wieder. Aber dazwischen! Da kannst du sehen, wohin die Weiber uns bringen: Die zerstören unser Leben, ohne mit der Wimper zu zucken. Die zermalmen einen Felsen! Das ist es nämlich, was ihr im Grunde seid: eiskalt. Und zäh. Weißt du, was ich langsam glaube? Ich glaube langsam, dass überhaupt nichts dran ist an eurem sogenannten Geheimnis: das Geheimnis der Frau; die Frau, das geheimnisvolle Wesen; die Frau, das Reh, die Fee, die Zauberin. Manchmal, wenn ihr so träumerisch aus dem Fenster schaut und eure Augen glänzen, dann habe ich das Gefühl, ihr habt einfach die Regel und sonst gar nichts. Weil wenn wirklich etwas dahinter stecken würde, dann hätte man das doch einmal objektiv feststellen müssen. Ich meine, es müsste doch dann irgendetwas vorliegen, das Aufschluss gibt über euch: eine große Vision, eine Philosophie, der Traum von einem Abenteuer. Aber nichts. Wo sind denn die großen Philosophinnen, wo die weiblichen Visionäre und Abenteurer? Die Forscher? Das Einzige,

das ihr gründlich erforscht habt, sind die Sexualprakti-
ken der Affen. Ihr habt ja nicht einmal eine ordentliche
Frauenbewegung hingekriegt. Oder wo ist die heute? Wo
sind eure großen Romane, Kompositionen, Bilder?

8

Glaubst du, ich weiß nicht, dass du einen anderen hast und dass der dir eingeredet hat, dass du dich von mir trennen sollst? Du selbst kämst nämlich nicht auf die Idee. Das heißt, auf die Idee kämst du schon, aber durchführen würdest du sie nicht. Weil du Angst hättest, allein. Weil du immer Angst gehabt hast, allein. Du bist ja nicht einmal alleine ins Kino gegangen, obwohl du immer davon geredet hast. Allein wärst du mit dem Kind nicht von mir weggegangen. Du kannst dir ja nicht einmal alleine eine Wohnung suchen. Das habe doch immer ich gemacht. Weißt du noch, unsere erste Wohnung? Du warst schwanger und bist den ganzen Tag im Bett herumgelegen, und ich habe mir frei genommen, bin losgezogen und habe die Wohnung gesucht für uns drei. Und das war nicht leicht. Weil wir damals nicht viel Geld gehabt haben. Und trotzdem habe ich die beste Wohnung gefunden, die man hat finden können für das Geld. Und zu so etwas bist du nicht im Stande. Weil du das Selbstbewusstsein nicht hast. Da gehört Selbstbewusstsein dazu, dass man zu so einer Wohnbaugesellschaft geht und sagt: Ich brauche eine größere Wohnung und zwar sofort. Da lachen die ja nur. Das sagt jeder, sagen die von der Wohnbaugesellschaft, alle brauchen sofort eine größere Wohnung. Wir haben aber keine freien Wohnungen. Da müssen Sie sich anmelden, sagen die, da kommen Sie auf eine Liste, das kann Jahre dauern, bevor eine Wohnung frei wird. Da gehört dann Selbstbewusstsein dazu, dass man sich von denen nicht abwimmeln lässt. Jeden Tag bin ich hingegangen. Meine Frau ist schwanger, habe ich gesagt, und wenn sie das Kind kriegt und wir haben keine größere Wohnung, dann muss ich sie allein lassen mit dem Kind, habe ich gesagt, und dass die Wohnbaugesellschaft schuld ist, wenn eine Frau gezwungen wird, ihr Kind allein aufzuziehen. Die Angestellten bei so einer Wohnbaugesellschaft muss man unter Druck setzen. Immer wieder hingehen, argumentieren, kämpfen. Und das könnt ihr nicht. Und selbst, wenn ihr es könntet, würde es nichts nützen, weil sich die Angestellten von so einer Wohnbaugesellschaft nicht von einer Frau unter Druck setzen lassen. Da braucht es einen Kerl dazu. So ist das nun einmal. Das habt ihr nie eingesehen. Einerseits vor allem und jedem Angst haben, Kontaktschwäche, Ichschwäche, Autoritätsprobleme, und auf der anderen Seite behandelt werden wollen wie ein Mann. Das ist ein Widerspruch. Aber das ist ja gerade euer Problem: überall Widersprüche. Da wollen sie Gleichberechtigung, die Weiber, aber nur, wo es ihnen passt. Wenn es ihnen nicht passt, dann heulen sie. Das müsst ihr erst einmal durchstehen lernen, in einem großen Betrieb eine verantwortungsvolle Aufgabe zu übernehmen, für die ihr dann auch geradestehen müsst, für die Erfolge, aber auch für die Fehler. Aber ihr heult ja gleich los, wenn man euch einmal nicht Recht gibt. Was glaubst du, was in so einem Betrieb los ist? Das passiert jeden Tag, dass dir einer nicht Recht gibt. Wenn ich da jedesmal losgeheult hätte, dann wäre ja keine Arbeit zu Stande gekommen. Das steckt man weg. So ist die Arbeitswelt. Aber davon habt ihr ja

keine Ahnung, weil ihr meistens sowieso nur am Fließ-
band arbeitet oder an der Supermarktkasse, und da
spielt ja die soziale Dynamik im Berufsleben keine Rolle.
Da musst du reintippen in die Kasse wie eine Blöde, fertig. Und wenn du nicht schnell genug bist, dann mault
die an der anderen Kasse vielleicht, aber das hörst du gar
nicht richtig, weil du weitertippst. Eine Teamarbeit, so etwas kennt ihr ja gar nicht. Da musst du eingehen auf die
Kritik der anderen, da sagt dir der Kollege beinhart, wo
du Fehler gemacht hast, da lernst du wegzustecken und
dir selbst zu sagen: Jawohl, ich habe einen Fehler gemacht. Und weil ihr das nicht gelernt habt, im Berufsleben, darum könnt ihr es auch nicht in der Ehe. Da kritisiert man euch einmal, schon heult ihr los, fühlt euch
nicht verstanden, bezieht die kleinste Kritik auf eure gesamte Existenz, kommt auf eure Kindheit zu sprechen
und auf die weibliche Sozialisation, bis man sich am Ende hundertmal überlegt, wie man euch das beibringen
könnte, dass der Herd schmutzig ist und die Stiegen ein-
gewachst gehören. Ich meine, so etwas nimmt man zur
Kenntnis, steckt es weg und macht es das nächste Mal
besser. So einfach ist das. Meine tägliche Praxis. Ich dis-
kutiere ja auch nicht stundenlang mit dem Kollegen,
wenn er mich kritisiert hat. Ich denke über seine Kritik
nach und komme entweder zu dem Schluss, dass er
Recht hat, oder ich komme zu dem Schluss, dass er nicht
Recht hat. Hat er nicht Recht, vergesse ich die Sache, hat
er Recht, lerne ich daraus. Darum sind wir einfach um-
gänglicher als ihr. Ich weiß das von so vielen Kollegen.
Die sitzen ratlos in der Kantine und erzählen vom Terror
ihrer Frauen daheim: verheulte Augen, Migräneanfälle,

im Bett sind sie sowieso die meiste Zeit zu nichts zu gebrauchen, und immer wieder das Gleiche: Wenn du keine Zärtlichkeit kennst, dann … Immer das gleiche Muster. Warum kapiert ihr das nicht endlich, dass wir uns nur ausdrücken wollen? Wenn mich etwas stört und ich darf es nicht sagen, dann vergeht mir doch die Zärtlichkeit. Wenn ich es sagen kann, dann ist es draußen und erledigt. Dazu braucht man keine stundenlangen Diskussionen. Da genügt ein kleines Nicken: Jawohl, ich habe verstanden, ich habe einen Fehler gemacht, und die Sache ist erledigt. Aber das könnt ihr nicht. Nicht ums Verrecken könnt ihr eure Fehler eingestehen. Immer nur Ausreden, immer nur Verteidigungen, Ausflüchte, immer nur Rechtfertigungen, Gegenangriffe. Immer nur Reaktionen, nie Aktionen. Ich sage dir, dass der Herd nicht geputzt ist, und du redest dich heraus mit irgendwelchen Wasserflecken. Der Herd ist geputzt, sagst du, weil du nicht zugeben kannst, dass du vergessen hast, den Herd zu putzen, die Flecken sind keine Schmutzflecken, sondern Wasserflecken. Dabei könnte alles so einfach sein. Du könntest sagen: Ja, ich habe vergessen, den Herd zu putzen. Fertig. Du musst nicht sagen, dass es dir Leid tut, das verlange ich nicht, ich verlange keine Entschuldigungen. Ich verlange nur Ehrlichkeit. Ich verlange das Eingeständnis eines Versäumnisses, denn wenn man das nicht bekommt, wird man zum Nörgler gemacht, und am Ende steht man da als Monster. In Wirklichkeit ist es aber umgekehrt. Da lügt jemand, da hat jemand nicht die Kraft zuzugeben, dass er eine Kleinigkeit versäumt hat. Ich habe es schon so oft gesagt: Nicht das Versäumnis selbst ist schlimm, so etwas passiert eben, wir vergessen alle einmal etwas, so ist das Leben, das Schlimme ist ausschließlich die Reaktion, die Rechtfertigung. Und der Gegenangriff. Dieses: Aber vor zwei Jahren hast du selbst einmal das und das gemacht. Dieses: Du kommst nie pünktlich zum Essen nach Hause, und ich sage auch nichts. Du nimmst mich nie mit zu deinen Betriebsfeiern, und ich rege mich auch nicht auf. Du lässt deinen Teller nach dem Essen auf dem Tisch stehen, statt ihn in den Abwasch zu stellen, und ich sage nichts, du wäscht nie Geschirr ab, kümmerst dich nicht genug um das Kind, besorgst nie die Weihnachtsgeschenke oder die Osterhasennester, du bringst nie den Müll hinaus undsoweiter undsofort. Alles Retourkutschen. Nichts geht je von dir aus, immer nur, wenn ich etwas sage, dann kommt etwas von dir zurück. Aber das eine hat nichts mit dem anderen zu tun. Und ich sage dir auch warum: weil wir eben andere Dinge erledigen. Darum. Und die machen wir auch sorgfältig. Wir sind nämlich nicht so schlampig wie ihr, wir gehen sorgsam um mit den Dingen. Wenn wir für das Auto neue Winterreifen besorgen, dann fahren wir in der Stadt herum und schauen uns die Winterreifen an und vergleichen die Preise. Als ich vor zwei Jahren die Eislaufschuhe für meinen Sohn besorgt habe, da habe ich mir überlegt, welche Eislaufschuhe die besten sind und welche er am leichtesten allein anziehen kann und ob noch dicke Socken reinpassen. Wir gehen niemals mit der Gedankenlosigkeit vor, mit der ihr euren Haushalt erledigt. Einerseits kauft ihr zehn Kilo Orangen, weil bei der Menge das Kilo dreißig Groschen weniger kostet und die Hälfte davon dann verfault, weil kein Mensch so viele Orangen auf einmal essen kann, andererseits kauft ihr den teuren tiefgefrorenen Apfelstrudel, statt ihn für ein paar Schillinge selbst zu machen. Ihr erfüllt eure Pflicht nicht. Der Fehler liegt bei euch, nicht bei uns. Ihr macht die Fehler, und wir dürfen sie nicht benennen. Und das, nur das habe ich gemeint, als ich gesagt habe: Ich verachte dich. Du hast natürlich wieder einmal alles auf dein ganzes Leben bezogen: Dein ganzes Leben wird verachtet, deine ganze Person wird vernichtet, alles an dir wird kritisiert. Das habe ich aber nicht getan. Ich habe kritisiert, dass du den Herd nicht geputzt hast und dann mit der saublöden Ausrede von den Wasserflecken kommst. Dafür habe ich dich verachtet, nicht dafür, dass du vergessen hast, den Herd zu putzen. Das kann ja vorkommen. Und dafür sind wir doch da, dass wir uns gegenseitig daran erinnern und sagen: Du hast das und das vergessen, bitte denke das nächste Mal daran. Das ist soziales Verhalten! Aber wenn der eine immer nur auf die Dinge achtet und der andere immer nur abstreitet, was er verabsäumt hat, dann entsteht irgendwann eine Verachtung. Die ist aber ganz konkret. Nicht so allgemein, wie du sie mir unterstellen willst. Und am Ende wird noch so getan, als wäre die Aggression von mir ausgegangen. Von mir ist aber keine Aggression ausgegangen. Von mir ist nur eine Beobachtung ausgegangen und die Artikulation dieser Beobachtung. Dass nämlich der Herd nicht geputzt ist. Das ist keine Aggression, das ist die Feststellung einer Tatsache, eines Faktums, wenn du überhaupt weißt, was das ist. Bei euch verschwimmen ja meistens die Begriffe. Fakten, Tatsachen werden zu subjektiven Beurteilungen, und irgendwelche Hirngespinste, die ihr in einer Frauenzeitschrift gelesen habt, werden zu Fakten. Jedenfalls halte ich fest: Ich habe etwas moniert. Ich habe ein Versäumnis benannt. Und damit verbunden ein Bedürfnis meinerseits: Ich habe ausgedrückt, dass es mich stört, wenn ich abends heimkomme, nachdem ich den Tag über gearbeitet habe, mir die Kritik der Kollegen anhören musste und womöglich die meines Chefs, meine Haut riskiert habe und meine Stellung, und dann finde ich abends einen – wohlgemerkt – ungeputzten Herd vor. Ich bin der Meinung, dass es möglich sein müsste, innerhalb von zehn Stunden – weil eine Stunde fahre ich ja zur Arbeit und eine zurück – so einen Herd zu putzen. Das müsste drin sein. Aber das habe ich ja nicht einmal gesagt. Ich weiß ja schon, dass ich den Mund nicht aufmachen darf, dass ich nicht das Geringste, und sei es die objektivste Tatsache, die banalste Grundvoraussetzung menschlichen Zusammenlebens ansprechen darf. Ich soll den Mund halten und schweigen. So hast du es später ja auch in diesem fatalen Brief formuliert, den dir jemand diktiert haben muss, weil das war nicht deine Stimme, mit der du da gesprochen hast, das hättest du dich gar nicht getraut, Marie-Thérèse, du warst ja immer zu feige, deinerseits zu monieren, was dir nicht passt an mir. Immer nur, wenn ich etwas gesagt habe, dann ist dir eingefallen, was dir an mir alles nicht passt. Immer nur Retourkutschen, nie ist etwas einmal von dir ausgegangen, alles immer nur ein Reflex auf meine Gedanken. Jedenfalls hast du in diesem Brief, den dir dein Geliebter diktiert haben wird oder irgend so ein verantwortungsloser Psychologe, ja unverblümt geschrieben, dass ich, wenn ich mich nicht am Haushalt beteilige, auch den Mund halten soll, wenn du ihn nicht so führst, wie es mir gefällt. Wenn dir nicht passt, wie ich den Herd putze, hast du geschrieben, dann putze ihn doch selbst! Hör einmal, meine Liebe, das ist doch wohl das Letzte. Weißt du eigentlich, was du mit dieser unverschämten Forderung von mir verlangst? Ich soll einen Beruf ausüben und das Geld heranschaffen, denn dass am Ende du das Geld herangeschafft hast, verdankst du ja nur der Tatsache, dass ich jahrelang das Geld herangeschafft und dann in dich investiert habe, ich soll also einen Beruf ausüben, das Geld heranschaffen, in dich investieren, dich fördern und aufbauen, deine Schwächen ausgleichen, die Dinge nach außen erledigen, Wohnbaugesellschaft undsoweiter, Finanzamt, Reparaturen undsofort, und dann soll ich mich noch am Haushalt beteiligen? Ja seid ihr denn noch bei Verstand? Wofür haltet ihr uns eigentlich? Für eure Trottel, die alles für euch tun und euch dann auch noch zu Füßen liegen, die euch niemals widersprechen, euch nie kritisieren und euch dann obendrein den Herd putzen, weil ihr selbst nicht dazu im Stande seid? Mein Gott, seid ihr verkommen! Dieses ganze Emanzipationsgerede kotzt mich an. Gleiche Rechte wollen, aber nicht bereit sein, das Geringste einzustecken. Immer nur austeilen, immer nur einkassieren. Aussaugen, sich nie einsetzen, keine Verantwortung übernehmen, keine Persönlichkeit ausbilden, keine Zivilcourage entwickeln, keinen Mut haben. Alles nur hinterrücks, feige, verschlagen, verdreht, alles soll immer ausdiskutiert werden, alles besprochen, nur keine Taten, keine Handlungen, nichts Konkretes, woran man messen könnte, wer nun wirklich was tut. Ihr erfüllt eure Pflichten allesamt schlampig. Schlampig die Haushalte, schlampig die Kindererziehung, schlampig die Kleidung und die Haltung, schlampig die Ausdrucksweise, schlampig die Forderungen. Nichts wirklich durchdacht, nichts wirklich in Angriff genommen, keine Konsequenzen, keine Würde. Und dann das Erstaunen, wenn man euch verachtet. Ja, was erwartet ihr denn? Dass man die ewigen Ausreden schluckt, die Ausflüchte immer nur hinnimmt, die Reaktionen versteht? Ja, ja, der Herd ist geputzt, selbstverständlich, er hat halt ein paar Wasserflecken. Ja, so ist das mit dem Nirosta, da sieht man jeden Wasserfleck. Das hat schon die Tante Maria aus Engelhartszell gesagt, als sie vor zehn Jahren bei deiner Mutter zu Besuch war. Ja, ja, hat auch deine Mutter schon gesagt, die Wasserflecken auf den Herden! Und da soll man euch nicht alle miteinander verachten? Soll ich dich denn achten für die Wasserflecken? Bewundern? Wie schön, meine Liebe, dass der Herd geputzt ist. Hauptsache, er ist sauber. Da stören mich doch die paar Wasserflecken überhaupt nicht. Was für eine Verlogenheit und Feigheit. Und diese Verlogenheit und Feigheit verlangt ihr auch noch von uns. Und wenn wir sie nicht hinnehmen, wenn wir sie euch nicht durchgehen lassen, die Flecken und die Schlamperei, und wenn wir die Tatsachen beim Namen nennen, dann verlaßt ihr uns mitsamt unseren Kindern. Verachtet habe ich dich? Ja, was erwartest du denn von einem, dem der Mund verboten wird, der nicht mehr sagen darf, was ihn stört, der arbeiten soll und ansonsten still in der Ecke sitzen und hinnehmen, was man ihm vorsetzt? Nennt ihr das Partnerschaft? Ist es das, was ihr sucht? Offenbar hast du ja so einen gefunden, mit dem du es machen kannst, weil sonst wärst du nie von mir weggegangen mit dem Kind, da hätte ich dich verachten können, so viel ich wollte. Du bist ja auch damals nicht gegangen, als du gesagt hast: Jetzt ist es aus. Damals hab ich wirklich gedacht, jetzt geht sie mit dem Kind. Aber du bist nicht gegangen. Weil du damals niemanden gehabt hast, und weil du zu feige bist, wegzugehen, ohne dass du jemanden hast, der dir eine Wohnung sucht, der dir die Wohnung einrichtet, der dir die Möbel transportiert und die Leitungen legt, der dir einen Steuerberater besorgt und eine Haushaltsversicherung abschließt. Weil das kannst du ja alles nicht. Du wirst ja schon rot, wenn du nur an den Schalter deiner Krankenversicherungsanstalt trittst. Du hast bis vor einem Jahr noch nicht einmal mit der Bankomatkarte Geld abheben können. Und auf einmal hättest du alles gekonnt? Auf einmal hättest du alleine eine Wohnung gesucht und gefunden, auf einmal hättest du das Kind alleine in der neuen Schule und im Hort angemeldet, auf einmal hättest du alleine die ganze Scheidung betrieben, die Papiere zusammengesucht und eingereicht, den Anwalt informiert, den Umzug organisiert? Du nicht! Damals, als ich dir gesagt habe, dass der Herd Flecken hat, und du mit der Ausrede von den Wasserflecken gekommen bist, und ich gesagt habe: Hör mit deinen ewigen Ausreden auf, und du mich auf einmal so angeschaut hast wie ein – ich weiß auch nicht, wie ein … – na ja, ist ja auch egal, also, du hast geschaut, als ob ich dir zum erstenmal im Leben gesagt hätte, dass du immer nur mit Ausreden und Ausflüchten kommst, wenn ich einmal etwas moniere und nicht zum hundertstenmal, jedenfalls hast du mit einer Stimme, die ich nicht anders als verstellt nennen kann, mit einer Stimme, die ganz anders war als deine normale Stimme, diese blödsinnige Frage gestellt. Du hast einfach nicht normal gefragt, das war es ja, was mich noch zusätzlich gereizt hat, die verstellte Stimme, als ob da schon ein anderer Mann dahinter gestanden hätte, obwohl du damals noch keinen anderen gehabt hast, aber wer weiß, wie oft du mich schon vorher betrogen hast oder wie lange diese Geschichte mit dem anderen schon läuft, denn dass du jemanden hast, das steht fest, da kannst du mir erzählen, was du willst. Damals war jedenfalls schon diese andere Stimme da, diese verstellte, verquere, verlogene Stimme, dieses Pathos. Die Frage, die du mir mit der verstellten, hysterischen Stimme gestellt hast, war ja an sich schon blödsinnig. So etwas fragt man nicht, es sei denn, man kann die Antwort verkraften, sonst schweigt man besser. Das nennt man eine kluge Frau, weißt du, die schweigt und nicht fragt, wenn sie die Antwort nicht erträgt. Ein kluger Mensch fragt dann, wenn er die Antwort weiß, nur ein dummer Mensch fragt ins Ungewisse hinein. Aber eine kluge Frau warst du ja nie. Damit wir uns nicht missverstehen und du hinterher wieder über mich herziehst: Ich meine nicht, dass du dumm bist. Ich meine nur, dass du keine kluge Frau in Bezug auf den Mann bist. Ich hoffe, du hast diesmal genau zugehört, damit mir nicht später wieder das Wort im Mund umgedreht wird, wie das ja ständig geschieht, weil du nie richtig hörst, was man dir sagt, denn sonst wäre es ja gar nicht zu den absurden Forderungen gekommen, die du mir dann in deinem Brief gestellt hast. Ich wiederhole: Du warst keine kluge Frau in Bezug auf mich. Aber merke: Das ist kein Werturteil. Im Gegenteil. Ich will gar keine kluge Frau, ich finde, kluge Frauen sind verschlagen. Dein Fehler war nur, dass du ausgerechnet damals geredet hast. Immer hast du geschwiegen, bist höchstens Retourkutschen gefahren, und ausgerechnet damals musstest du sprechen. Ich moniere den schmutzigen Herd, du kommst mit deinen üblichen Ausreden und Ausflüchten, ich weise deine Ausreden zurück. Damit hätte Schluss sein müssen. Und zwar deshalb, weil du mich in der Folge etwas gefragt hast, aber nicht in der Lage warst, die Antwort zu verkraften. Ausgerechnet du, die immer schweigt und schweigt, stellst in dem Moment die Frage, ob ich dich eigentlich verachte. Mein Gott, was für eine Einfalt! Als ob das nicht die Frage wäre, die uns täglich auf den Lippen liegt, die Frage, die wir uns verkneifen, wir alle, die wir verheiratet sind, die wir jahrelang tagaus tagein in diesem Trott leben, der abschleift, aber nur die guten Eigenschaften, nie die schlechten, die verstärken sich. Was für eine Blindheit! Und Taubheit! Da erklärt man euch seit Jahren, dass man euch nicht kritisieren darf, dass man euch nicht das Geringste sagen kann, weil ihr nämlich kein Selbstwertgefühl habt und daher immer alles gleich auf euer ganzes Leben bezieht, und dann fragt sie am Ende mit einem Gesichtsausdruck, den ich nicht anders als einfältig nennen kann, ob ich sie verachte. Ja glaubt ihr denn, dass wir euch achten nach all den Ausreden, Ausflüchten, Retourkutschen, die ihre Ursache allesamt darin haben, dass ihr zu feig seid, den Tatsachen ins Gesicht zu sehen? Und was ist schon so schlimm an der Verachtung? Glaubt ihr, es gibt eine Liebe ohne Verachtung? Was wäre das für eine gleichgültige, belanglose Liebe? Den ich liebe, verachte ich, den ich liebe, bekämpfe ich, den ich liebe, hasse ich. Das hätte dir klar sein müssen. Das hättest du wissen müssen, als du diese Frage gestellt hast. Ja, Resi, ich verachte dich! Fragt nicht, wenn ihr keine ehrliche Antwort hören wollt, denkt nach, bevor ihr redet, und werdet nicht einfach nur weiß im Gesicht. Tut doch nicht so entsetzt, so erschrocken. Seid ihr wirklich so naiv, nicht zu wissen, dass die Verachtung zur Liebe gehört? Verleugnet ihr aus Verstellung eure Verachtung für uns? Du kannst mir nicht weismachen, dass du mich nicht verachtet hast. Ich habe doch deinen Blick gesehen, damals, als ich dir gesagt habe, dass ich seit Wochen ein Stück Papier beobachte, das unter der Sitzbank liegt, und dass du es zwei Wochen lang nicht aufgehoben hast. Da war Verachtung in deinem Blick, aber ich war nicht so blöd, dich zu fragen: Verachtest du mich? Aber so seid ihr: Ihr selbst rennt herum mit der größten Verachtung den Männern gegenüber, und andersherum soll man euch immer nur achten. Schau sie dir doch an, deine Freundinnen. Was haben sie denn für Männer? Waschlappen, die sie verachten, haben sie. Ich kenne keine Frau, die so halbwegs selbstständig ist, die nicht einen Mann zu Hause hätte, der ihr unterlegen ist, den sie verachten kann. Und selbst steht sie gut da! Selbst ist sie die starke Frau, die Königin, die gelassen lächelt über das Treiben der Männer. Da kommen wir gar nicht heran an die Verachtung, die in euch steckt uns gegenüber. Das müssten wir erst einmal trainieren, was ihr da tagtäglich praktiziert. Und du hast dir einen gesucht, mit dem du nicht so leichtes Spiel hast, du hast dir einen gesucht, den man nicht so einfach verachtet. Das haben immer alle gemerkt. Deswegen haben sie ja so einen Respekt vor dir gehabt, weil du es mit mir aufgenommen hast und nicht mit irgendeinem Waschlappen. Nur ein paar von deinen besonders emanzipierten Weibern haben immer versucht, dir einzureden, ich unterdrückte dich, aber an denen hast du ja selbst nie ein gutes Haar gelassen. Dein Fehler war nur, dass du mich in diesem einen Punkt unterschätzt hast. Du hast nicht gedacht, dass ich die Wahrheit sage, immer, gleichgültig, in welcher Situation. Und du hast dich selbst überschätzt, wenn du gemeint hast, aus welchem – dir meinetwegen selbst vorgespielten – Entsetzen heraus du berechtigt bist, mir eine herunterzuhauen. Man schlägt mich nicht, meine Liebe, niemand hat mich in meinem ganzen Leben geschlagen, ohne dass ich zurückgeschlagen hätte. Wie stellt ihr euch das eigentlich vor? Für die Emanzipation der Frau sein, Gerechtigkeit, gleiches Recht für alle, gleiche Bezahlung für alle, Quotenregelung, alles gut. Dass aber Gewalt mit Gewalt beantwortet wird, damit rechnet ihr nicht. Ihr legt euch ja alles zurecht: Die Frau schlägt aus tiefster innerer Verletztheit zu, der Mann aus Aggression, ihr wehrt euch, wir greifen an, ihr setzt ein Zeichen, wir schlagen nieder, ihr zerstört, wir vernichten. Wer Gewalt sät, wird Gewalt ernten, und du hast zuerst zugeschlagen, nicht ich. Du hast Gewalt angewandt, obwohl ihr doch angeblich von Natur aus gewaltfrei seid, ihr Weiber. Ihr habt die Sanftheit im Blut, die Kriege, die zetteln ja immer nur wir an, ihr nie. Klar, weil ihr nicht in der Position dazu seid. Aber wenn ihr es wärt, ja, was glaubst du, was da los wäre? Wegen jeder Kleinigkeit würdet ihr euch doch schlagen und einen Krieg anzetteln, wenn ihr etwas zu sagen hättet. Da kann man froh sein, dass ihr gar nicht zum Militär gehen wollt, weil was dann los wäre, kann man sich ja vorstellen. Wo wäre da das Maß, das Gleichgewicht? Ihr habt ja nie gelernt, einzustecken. Ihr wollt immer nur austeilen. Was glaubst du, wie viele Xanthippen es in unserer Firma gegeben hat? Und was für Drachen die Kollegen als Ehefrauen gehabt haben. Na, da wäre was los, wenn die ein Sagen hätten, wenn sogar du schon losschlägst, nur weil du nicht in der Lage bist, einen neuen Herd so zu putzen, dass er keine Flecken hat, und dich dann endlos rausredest, so dass man wütend wird, und du genau in dem Augenblick auch noch fragst, ob man dich verachtet. Immer hast du geschwiegen, wenn es besser gewesen wäre, du hättest einmal etwas gesagt, nur, als es einmal besser gewesen wäre zu schweigen, da musst du natürlich reden. Das weiß jeder Außenminister, jeder General, ja selbst der kleinste, mieseste Politiker, dass man in bestimmten Situationen bestimmte Fragen nicht stellt. Nur du weißt das natürlich nicht. Weil du nie wirklich gearbeitet hast, ich meine jetzt nicht an der Supermarktkasse oder Allein-im-Wohnzimmer-sitzen-und-vor-sich-hin-Nähen, ich meine jetzt im Team, wo einer auf den anderen angewiesen ist und alle darauf angewiesen sind, dass man einander korrigiert, dass man die Tatsachen beim Namen nennt, dass man redet, wenn es nützlich ist und schweigt, wenn es nötig ist. Immer nur Mama, Papa und ein paar Freundinnen, die sich gegenseitig belügen, das genügt nicht, um ein Gefühl zu bekommen für soziales Verhalten, um zu wissen, wann man spricht und wann man schweigt, welche Fragen man stellt und welche man vermeidet, wann man zuschlägt und wann nicht. Das hätte dir klar sein müssen, dass ich mich nicht ausgerechnet von dir werde schlagen lassen, wenn ich mich nicht einmal als Kind von meiner eigenen Mutter hätte schlagen lassen. Das hätte meine Mutter niemals gewagt, weil sie genau gewusst hat, dass ich zurückgeschlagen hätte. Ein Wort nur und ich hätte in ihr falsches Gesicht hineingeschlagen, dafür, dass sie mich alle Verantwortung hat übernehmen lassen und selbst nicht die geringste Verantwortung übernommen hat. Nur herumheulen hat sie können und ihre Kinder alleine lassen, bis sie von Füchsen träumen, die um das Haus schleichen und einen nach dem anderen holen, bis alle gefressen sind, vernichtet, ausgelöscht. Ich habe mich immer zur Wehr gesetzt, egal, ob es sich um eine Frau oder um einen Mann gehandelt hat. Was für mich zählt, ist der Angriff, nicht das Geschlecht. Und du hast mich angegriffen. Du hast zuerst zugeschlagen. Ich bitte darum, das festzuhalten: du, nicht ich! Du hast zugeschlagen, nur weil ich dir eine ehrliche Antwort auf deine verlogene Frage gegeben habe. Und ich habe zurückgeschlagen, aber ich habe dich nicht zusammengeschlagen. Was weiß ich, warum du nach hinten gekippt bist. Vielleicht hast du dich fallen lassen, oder du bist meinem Schlag ausgewichen und ausgerutscht und mit dem Kopf gegen die Wand gefallen. Von einer Ohnmacht habe ich nichts bemerkt. Wenn du dich nicht erinnern kannst, wie sich das Ganze im Detail abgespielt hat, dann liegt das daran, dass du hysterisch geworden und nicht daran, dass du in Ohnmacht gefallen bist. Und hysterisch bist du geworden, weil du nicht damit gerechnet hattest, dass ich auf eine Frage ehrlich antworte und auf eine Ohrfeige mit einer Ohrfeige reagiere. Weil du für dich den Frauenbonus in Anspruch genommen hast. Weil du mich für so feige gehalten hast, dass ich dir nicht ehrlich antworte und dass ich dir keine Ohrfeige gebe, nur weil du eine Frau bist. Allein dein Selbstwertgefühl hätte dir sagen müssen, dass ich dich nicht verschone, nur weil du eine Frau bist. Ich meine, der zuschlägt, muss nun einmal damit rechnen, auch geschlagen zu werden. Damit hast du aber ganz offensichtlich nicht gerechnet. Vielleicht hast du dich vor Schreck zurückfallen lassen, wahrscheinlich aber bist du ganz instinktiv meinem Schlag ausgewichen und ausgerutscht. Es ist unmöglich, dass ich dich zusammengeschlagen habe, weil ich nämlich genau weiß, wohin ich einen Schlag platziere und wohin nicht. So etwas passiert mir nicht aus Versehen, dass ich jemanden k.o. schlage. Ich habe auch nicht gesehen, dass du mit dem Kopf gegen die Wand geschlagen wärst, und ich habe ja direkt vor dir gestanden. Das hätte ich doch sehen müssen! Ich habe nur gesehen, dass du in die Knie gegangen bist, ausgerutscht und hingefallen, das habe ich gesehen, und das Ganze hat nicht mehr als eine oder zwei Sekunden gedauert, dann bist du wieder aufgestanden. Wenn du dich nicht daran erinnerst, wie du zu Boden gegangen bist, dann liegt das nicht an meinem Schlag, sondern daran, dass du hysterisch darauf reagiert hast, dass ich überhaupt zurückgeschlagen habe. Ich habe dir eine ganz normale Ohrfeige gegeben. Weder besonders sanft, noch besonders fest, und du bist von einer ganz normalen Ohrfeige umgefallen. Du kannst mir nicht erzählen, dass du davon eine Gehirnerschütterung gehabt hast, auch wenn du Kopfweh gehabt hast und Schüttelfrost. Erstens ist es mir neu, dass man von Gehirnerschütterungen Schüttelfrost bekommt, und zweitens kannst du gar keine Gehirnerschütterung gehabt haben, weil ich dich dann entweder ganz anders auf den Kopf getroffen haben müsste oder weil du dann tatsächlich mit dem Kopf gegen die Wand hättest knallen müssen. Was aber nicht der Fall war, weil ich das ja gesehen hätte. Außerdem hättest du dann gleich Kopfweh gehabt und Schüttelfrost und nicht Stunden später, als ich schon längst aus dem Haus gegangen war und du schon im Bett gelegen hast und das Kind schon geschlafen hat. Man kriegt doch nicht Stunden nach dem Ereignis plötzlich Kopfweh und Schüttelfrost. Hysterisch bist du gewesen, du hattest einen hysterischen Schüttelfrost und hysterische Kopfschmerzen. Es wäre ja nicht das erste Mal gewesen. Wenn ich auf all deine Kopfschmerzen und Schüttelfroste eingegangen wäre, die du in den letzten Jahren gehabt hast, auf deine ganzen Krankheiten, die ja allesamt vor allem hysterische Krankheiten gewesen sind, einschließlich der Unterfunktion der Schilddrüse, die in letzter Zeit dazugekommen ist, dann wäre ich ja verrückt geworden. Die Wurzel aller deiner Krankheiten war Hysterie, das hat sogar unser Hausarzt angedeutet, und dass es Versuche waren, auf dich aufmerksam zu machen und alles auf dich zu lenken. Und ich bin dagestanden mit meinen Magenproblemen, und kein Mensch hat sich um mich gekümmert. Um Gottes willen, die Resi wird doch nicht krank sein, hat es immer geheißen, die Resi ist doch so zart, pass auf die Resi auf, damit ihr nicht einmal etwas zustößt, hat es geheißen, und ich hätte inzwischen an Krebs sterben können, und kein Mensch hätte sich darum gekümmert. Und wenn dir einmal etwas passiert wäre, dann wäre am Ende noch ich daran schuld gewesen. Das hätte nämlich zu allem noch gefehlt: einem anderen eine herunterzuhauen und sich dann, wenn der zurückschlägt – was das Mindeste ist, das man als Reaktion zu erwarten hat –, fallenzulassen und durch einen blöden Zufall so blöd mit dem Kopf an die Wand zu schlagen, dass womöglich wirklich etwas passiert, und dann wäre am Ende noch der daran schuld, der als Erster attackiert worden ist. So nicht. Nicht mit mir! Da kannst du dir einen anderen suchen, aber den hast du unter Garantie ohnehin schon gefunden, Marie-Thérèse, weil sonst hättest du dich nie im Leben getraut, von mir wegzugehen mit dem Kind. Natürlich hast du es gemacht wie alle deine starken Frauen aus dem Club, du hast dir einen gesucht, der dir unterlegen ist, mit dem du das machen kannst. Irgend so einen Softie wirst du dir gesucht haben, der sich von dir schlagen lässt und dem du am Ende noch die Schuld daran geben kannst, falls dir einmal etwas zustoßen sollte. Ich habe so genug von euch Weibern, das kannst du dir gar nicht vorstellen. Ihr kotzt mich alle an.

9

Resi, heute habe ich etwas Furchtbares geträumt. Ich habe geträumt, es ist Winter und mein Sohn will Schi fahren, und ich habe keine Zeit, mit ihm Schi zu fahren, weil ich arbeiten muss. Da schicke ich ihn alleine los. Aber ich habe ganz vergessen, dass das Schigebiet von meinem Haus bis nach Wien reicht. Im Traum, meine ich. Ich gehe also arbeiten, und als ich von der Arbeit zurückkomme, begreife ich erst, dass es schon dunkel wird und kalt und dass ich keine Ahnung habe, wo genau mein Sohn hingefahren ist mit den Schiern. Und dass das Gebiet so groß und unübersichtlich ist. Ich habe im Traum auf einmal so eine Panik gehabt, das kann man sich gar nicht vorstellen. Ich habe das Auto sofort wieder aus der Garage geholt und bin losgefahren. Und jeden Augenblick ist es noch dunkler geworden und noch kälter. Mein Sohn wird die Orientierung verlieren in der Dunkelheit und frieren und nach mir rufen, habe ich im Traum gedacht, aber ich werde ihn nicht sehen und nicht hören, weil ich nicht weiß, wo ich hinfahren soll in dem riesigen Schigebiet, das von hier bis nach Wien reicht. Ich bin in irgendeine Richtung gefahren und dann in eine andere, die Fenster habe ich hinuntergekurbelt, und aus dem Fenster habe ich nach ihm gerufen. Draußen war es ganz still. Alles war bedeckt mit Schnee. Der Mond hat zwar am Himmel gestanden, aber er hat nicht hell und klar geleuchtet, sondern fahl unter schlierigen Wolkenfetzen durchgeschimmert. Mein Sohn kann meine Rufe nicht hören, habe ich gedacht, weil selbst wenn er die Orientierung nicht verloren haben sollte, trotz der Dunkelheit, und noch die Kraft haben sollte, weiterzufahren, trotz der Kälte, wird er auf einer Schipiste fahren, und die Schipisten liegen nicht neben den Straßen. Die ganze Nacht bin ich im Traum kreuz und quer durch das riesige Schigebiet gefahren und habe nach meinem Sohn gerufen. Aber die Schneedecke hat meine Rufe verschluckt. Wie eine dicke Daunendecke über dem Kopf eines Kindes seine Rufe erstickt. Links und rechts von der Straße sind im fahlen Mondlicht hohe, verschneite Tannen aufgetaucht und Büsche, die waren fast verschwunden unter dem Schnee. In dem irisierenden Licht hat es ausgesehen, als bewegten sie sich unter der Last des Schnees, als versuchten sie ihn abzuschütteln von ihren vereisten Zweigen und Ästen. In den Kurven haben die Scheinwerfer meines Autos wie Finger in die Landschaft gezeigt. Hierhin und dorthin. Ich bin hierhin gefahren und dorthin und habe meinen Sohn nicht gefunden. Es war so kalt, und dann hat es zu schneien angefangen. Dicke weiße Flocken sind auf die weiße Schneedecke gefallen. Ich habe immer daran denken müssen, wie klein mein Sohn noch ist, und dass sein Mund sich verzieht wie der eines Säuglings, wenn er weint. Und da habe ich plötzlich Schüsse gehört. Mein Gott, habe ich im Traum gedacht, es ist nicht nur dunkel und kalt und hat zu schneien begonnen, sondern da streifen auch Mörder durch die vereiste Landschaft, auf der Suche nach Kindern, die sich verirrt haben und allein, zitternd, frierend und weinend im Schnee kauern und nach ihren Eltern rufen. Ich bin schneller gefahren und habe lauter gerufen, und während es langsam heller geworden ist und sich das Grau, das vom Himmel herabgesunken ist, mit dem Grau, das vom Schnee aufgestiegen ist, verbunden hat, ist mir immer klarer geworden, dass mein Sohn diese Nacht nicht überlebt haben kann. Entweder, habe ich gedacht, er ist erfroren, oder ein Mörder hat ihn getötet. Und auf einmal sehe ich neben der Straße etwas Dunkles liegen. Ich halte sofort an und verlasse das Auto. Meine Beine sind schwer, ich bewege mich sehr langsam fort. Es sind Widerstände vorhanden: Schnee, Luft, die Kälte, die Schwerkraft. Sogar das Gehen ist uns nicht selbstverständlich. Im Straßengraben liegt ein totes Reh mit einer Drahtschlinge um den Hals. Ich bin erstaunt, wie groß und kräftig das Reh ist. Ein paar Meter weiter liegt ein zweites totes Reh, ebenfalls mit einer Drahtschlinge um den Hals. Aus seinem Mundwinkel sickert Blut. Aus irgendeinem Grund weiß ich, was all das bedeutet. Ich steige wieder ins Auto und fahre weiter. Nach ein paar hundert Metern sehe ich den Mann im Straßengraben liegen. Er hat eine Drahtschlinge in der zur Faust geballten Hand. Ich will sie ihm abnehmen, aber die Totenstarre muss bereits eingesetzt haben. Ich betrachte den Mann. Er schaut aus wie ein Obdachloser. Seine zerlumpte Kleidung ist gefroren, ebenso der Bart und die ungekämmten Haare. Aus der Tasche des schmutzigen Mantels ragt eine Schnapsflasche. Ich frage mich, wie sie unversehrt bleiben konnte. Plötzlich weiß ich, dass mein Sohn tot ist. Ich schreie und schreie, da höre ich noch einmal einen Schuss. Ich wache auf und laufe sofort zu meiner Balkontür. Irgendwo in meinem Unterbewusstsein muss ich geahnt haben, dass die Schüsse außerhalb meines Traumes gefallen sind. Weiter hinten, dem Wald zu, sehe ich eine Meute Hunde vorbeilaufen. Ich höre noch einen Schuss. Es muss eine Treibjagd gewesen sein. Einerseits bin ich erleichtert, es war nur ein Traum, denke ich immer wieder, es war nur ein Traum. Andererseits wirkt der Traum weiter in die Wirklichkeit hinein, so dass mir auf einmal vor Treibjagden ekelt. Ich werde die ganze Zeit die Vorstellung nicht mehr los, dass in dem Wäldchen hinter unserem Haus ein Kind spielt und dass sie es aus dem Wäldchen hinausjagen und niederschießen werden. Oder ich muss an die zwei Rehe in meinem Traum denken. Die haben so menschlich ausgeschaut. Und dann denke ich wieder: Was jagen die überhaupt bei so einer Treibjagd? Doch keine Rehe. Hasen werden sie jagen, denke ich, und Füchse. Sehr viele andere Tiere gibt es ja gar nicht mehr in unseren Wäldern. Eichhörnchen gibt es noch, denke ich, aber wer jagt schon Eichhörnchen? Und selbst wenn, Eichhörnchen würden sie nicht erwischen, weil die würden sofort auf Bäume klettern.

10

Resi oder meinetwegen: Marie-Thérèse, du glaubst doch nicht im Ernst, dass du nicht weggegangen wärst mit meinem Sohn, wenn ich auf den Brief, den du mir von deiner Kur in Norddeutschland geschickt hast, anders reagiert hätte, als ich reagiert habe? Du warst doch entschlossen, mit meinem Sohn wegzugehen. Sonst hättest du mir nicht so einen Brief geschrieben, auf den ich nicht anders habe reagieren können, als ich reagiert habe. Das hast du gewusst. Du kannst mir nicht zuerst so einen Brief schreiben und hinterher sagen, auf Grund meiner Reaktion auf diesen Brief wärst du dann letztendlich mit meinem Sohn ausgezogen. Wenn man bleiben will, schreibt man nicht solche Briefe. Schon der Anfang: Ich soll dich endlich bei deinem richtigen Namen nennen! Mein Gott, Probleme habt ihr! Diesen Brief hat dir entweder dein Kurschatten diktiert oder irgendein schwachsinniger Kurpsychologe, oder eine deiner Emanzenfreundinnen hat ihn dir schon vor deiner Kur aufgesetzt, und du hast ihn dann in Norddeutschland aufgegeben, weil du zu feig warst, zu Hause zu sein, wenn der Brief bei mir ankommt. Kein einziger Satz dieses Briefes stammt von dir selbst. Der besteht doch nur aus Forderungen. Und das müsstest du nach zwanzig Jahren Ehe am besten wissen, dass man an mich keine Forderungen stellt. Niemand. Und du schon gar nicht. Und was du über unsere Ehe schreibst, ist durch die Bank gelogen oder völlig unverständlich. Unklar ausgedrückt. Gelabert. Nicht einmal die Grammatik ist in Ordnung. Oder die Orthografie. Lernt doch erst einmal rechtschreiben, bevor ihr euch anmaßt, irgendwelche Schlussfolgerungen aus unserem Verhalten, das ja wohl seine Ursachen haben wird, zu ziehen. Lernt erst einmal, euch klar und deutlich auszudrücken. Was denkt ihr eigentlich? Dass wir uns hinsetzen und überlegen: Was könnte unsere Frau gemeint haben mit ihrem Brief? Ich habe deinen Brief hinlänglich widerlegt, später, als du von der Kur zurück warst, in der Konditorei, in die du gehen wolltest, um über ihn zu sprechen. Das allein war ja schon lächerlich. Wir haben ein eigenes Haus, da geht man nicht in die Konditorei, wenn man etwas besprechen will. Aber das haben dir natürlich auch deine Emanzen eingeredet: nie im eigenen Haus reden. Immer einen neutralen Ort wählen. Sonst wird er ausfällig. Sonst gewinnt er die Oberhand. Sonst wird er gewalttätig. Mein Gott, was wisst denn ihr vom Leben? Geben die eigenen Kinder in den Hort und gehen töpfern. Selbstverwirklichung nennen sie das! Und dann Forderungen stellen. Andere arbeiten lassen und selbst fordern, das könnt ihr. Die Männer waschen nach ihrer Arbeit noch daheim das Geschirr ab, damit die Weiber in den Yogakurs gehen können. Nicht mit mir! Wenn ich mit dir zusammenleben will, hast du in diesem fatalen Brief geschrieben, dann soll ich mich an der Hausarbeit beteiligen. Weil du nämlich auch arbeitest. Großartig. Gratuliere! Und was habe ich getan, all die Jahre lang bis zum Schluss? Zum Schluss habe ich ein Haus entworfen, konstruiert und gebaut, meine Liebe. Ich. Nicht du. Und komme mir bitte nicht schon wieder mit dem fadenscheinigen Argument, dass du das Haus gar nicht gewollt hast. Irgendwo müssen wir ja wohnen, oder? Das Geld für die Miete, Monat für Monat, war hinausgeschmissenes Geld. Wir können es uns nicht leisten, das Geld mit beiden Händen zum Fenster hinauszuschmeißen. Deshalb habe ich das Haus gebaut. Aus Sparsamkeit. Und wegen meines Sohnes. Damit er später einmal etwas Eigenes hat. Einen Start für das Leben. Und dein Atelier hätten wir später umbauen können zu einer Kleinwohnung. Die Anschlüsse habe ich alle gelegt. Und wenn mein Sohn dann einmal geheiratet hätte, dann hätten wir hinaufziehen können in das umgebaute Atelier. Dort hätten wir niemanden gestört, und die Familie wäre trotzdem erhalten geblieben. Heute sind die jungen Leute ja wieder heilfroh, wenn ihre Eltern im Haus bleiben. Da haben sie jemanden, der ihnen hilft, etwas zu besorgen oder zu reparieren oder auf die Kinder aufzupassen, damit sie nicht in den Kindergarten oder in den Hort gehen müssen. Heute arbeiten ja immer beide Elternteile in den jungen Familien, da sind sie ja direkt angewiesen auf uns. Dafür habe ich das Haus gebaut und nicht zu meinem eigenen Vergnügen. Glaubst du, ich wüsste nichts Besseres mit meiner Freizeit anzufangen, als ein Haus zu bauen? Ich hätte mir wieder eine Maschine kaufen können und mit dem Erwin und dem Axel nach Frankreich fahren. Die Maschine habe ich damals ja nur wegen dir wieder verkauft, weil mir bald klar war, dass du nicht der Typ bist, mit dem man Maschine fährt. Dir war ja immer kalt. Wenn es ein bisschen zu regnen angefangen hat, hast du gleich gehustet. Und dann deine Nebenhöhlengeschichten! Da habe ich eben auf die

Maschine verzichtet. Wenn ihr andersherum einmal auf etwas verzichtet, dann heißt es gleich: Der Mann hat ihr das Hobby nicht gegönnt, der Mann war eifersüchtig auf ihr Hobby, er hat so lange somatisiert, bis sie es aufgeben hat müssen. Und das hören wir dann für den Rest unseres Lebens. Von uns erwartet ihr aber selbstverständlich, dass wir alles aufgeben für euch. Über den Axel zerreißen sie sich das Maul, die Weiber: Der Axel ist immer nur mit seiner Maschine unterwegs. Der Axel denkt nicht an seine Familie. Der Axel steckt das ganze Geld in die Maschine undsoweiter. Aber das weiß ich sowieso schon lange, dass ihr euch die Dinge immer so dreht, wie es euch passt. Die eine will ein Haus und kriegt es nicht, weil der Mann so selbstsüchtig ist, dass er das ganze Geld in seine Maschine steckt, und die andere will kein Haus, ihr Mann baut aber ein Haus, weil er sich nur selbst einen Traum erfüllen will. Recht habt ihr immer. Und wir wären immer die Blöden dabei. Aber nicht mit mir! Es gibt drei Möglichkeiten, hast du in dem infamen Brief geschrieben: Entweder ich will etwas von dir und meinem Sohn oder ich will nur etwas von meinem Sohn oder ich will von euch beiden überhaupt nichts. Bei Punkt eins muss ich im Haushalt mitarbeiten, bei Punkt zwei Verabredungen mit meinem Sohn treffen und einhalten, und bei Punkt drei soll ich ausziehen, sonst zieht ihr aus. Punkt. Schluss. So einfach ist das für euch. Drei Möglichkeiten. Wir haben die Wahl. Zwanzig Jahre lang hast du dir nicht so einen Schwachsinn einfallen lassen! Aber das ist mir sowieso klar, dass du diesen Brief nur geschrieben hast, damit du einen Grund hast zu gehen. Damit du nachher sagen kannst: Du hattest die Wahl,

Franz. Ja, richte es dir nur, damit du ein gutes Gewissen hast, das scheint ja die Hauptsache dabei zu sein. Kannst du mir bitte sagen, was ich sonst getan habe, wenn nicht mitgeholfen im Haushalt? Wenn man den Begriff Haushalt nämlich ein bisschen weiter fasst als Einkaufen, Geschirrabwaschen, Kochen oder Putzen. Wer hat denn die Kücheneinrichtung montiert? Wer hat die Steuererklärung eingereicht? Wer hat die Kontakte zur Außenwelt aufrechterhalten? Weil das kommt ja noch dazu, dass du ohne mich vollkommen isoliert wärst mit deinem Sohn. Du bist ja kontaktarm. Bevor du dich einmal mit jemandem anfreundest, da vergehen doch Jahre! Wen kennst du denn schon unabhängig von mir? Niemanden! Niemanden außer deinen Emanzen. Und die werden dir vielleicht jetzt am Anfang noch helfen, jetzt, wo du ausgezogen bist aus dem Haus, weil sie es dir eingeredet haben, aber warte einmal drei oder vier Monate, dann kümmert sich niemand mehr um dich. Weil das, was dich in den zwanzig Jahren unserer Ehe von den Menschen isoliert hat, das wird dich auch weiterhin von den Menschen isolieren. Du hast ja kein Vertrauen. Zu niemandem. Vertrauen ist eine soziale Kompetenz. Und die habt ihr nicht, und zwar deshalb nicht, weil ihr nicht gewohnt seid, mit anderen zusammenzuarbeiten, euch aufeinander zu verlassen. Das mit deinen Emanzen ist ja eine Scheinsolidarität, die ausschließlich auf Scheingemeinsamkeiten ideologischer Natur beruht. Aber Ideologien waren noch nie solide Grundfesten. Die brechen doch beim geringsten Erdstoß zusammen. Da muss nur eine mit dem Mann einer anderen etwas anfangen, und das ist doch die Regel bei euch, und schon bricht die ganze

Solidarität zusammen. Du hast mir doch selbst erzählt, dass diese Irene etwas angefangen hat mit dem Mann von dieser anderen – wie hat sie noch schnell geheißen? – Petra oder Melanie, oder was weiß ich, eine besonders hysterische Zicke jedenfalls. Und so etwas nennt ihr Solidarität. Weil ihr gar nicht wisst, was das ist. Ich fange doch auch nichts mit der Frau vom Erwin an, weil ich genau weiß, dass der es sowieso nicht leicht hat. Da hält man sich halt zurück. Aber das kennt ihr ja nicht: eine Zurückhaltung. Ihr wollt ja immer alles auf einmal haben: Solidarität, und gleichzeitig geht ihr her und betrügt eure beste Freundin mit ihrem Mann. Weil ihr gar nicht auf die Idee kommt, das eigene Interesse einmal zurückzustellen für eine allgemeine Sache. Weil ihr nie wirklich gearbeitet habt. Weil ihr nie darauf angewiesen wart, dass man sich auf andere verlassen kann. Allein im Zimmer sitzen und nähen ist etwas anderes. Weil man dazu niemanden sonst braucht. Sobald es einmal darum gegangen ist, zu jemandem selbstständig Kontakt aufzunehmen, warst du doch immer vollkommen unfähig. Die ersten Kundinnen habe ich dir alle vermittelt. Über ihre Männer. Über die Arbeit. Du hättest ja gar nicht gewusst, wie du überhaupt an sie herankommst. Weil ihr das nicht aushaltet, dass einem jemand einen Gefallen tut, und dem tut man dann später auch einen Gefallen. Das nenne ich sozialen Austausch. Aber du hast noch nie jemanden um etwas bitten können. Nicht einmal mich. Genauso wie ihr euch bei niemandem für etwas bedanken könnt. Wisst ihr, woran das liegt? Das liegt daran, dass ihr zu feige dazu seid. Weil wenn ich nämlich jemanden um etwas bitte, dann muss ich auch damit rechnen, dass der andere die Bitte ablehnt. Man muss halt auch eine Absage verkraften können. Aber das könnt ihr nicht. Weil ihr alles persönlich nehmt. Weil eine Absage für euch immer gleich eine Ablehnung eurer ganzen Person ist. Mit mir hast du es ja genauso gemacht: nie ein Bitte, nie ein Danke. Und hinterher heißt es dann: Es hat dich ja niemand darum gebeten, das Haus zu bauen! Ja, genau. Das erspart ihr euch nämlich damit: jeden Dank, jeden echten sozialen Kontakt, jede Verpflichtung. Wenn ich niemanden um etwas bitte, bin ich auch niemandem Dank schuldig. Aber wenn ich niemandem danke, dann dankt es mir auch niemand. So einfach ist das. Aber das geht ja nicht in euer Hirn hinein. Ihr dankt uns nichts, aber wir sollen hergehen und euch für jede Kleinigkeit dankbar sein. Ich habe deine Arbeitsleistung nie anerkannt, schreibst du in deinem schwachsinnigen Brief. Ausgerechnet ich! Einen Herzinfarkt hätte ich fast erlitten bei dem Umzug. Mitten in der größten Sommerhitze. Weil ich nämlich für die Familie Geld gespart und deshalb keine Spedition beauftragt habe. Weil ich alles alleine gemacht habe mit meinen Freunden. Weil ich nämlich nicht zu feige gewesen bin, den Manfred, den Heli und den Axel zu bitten, mir zu helfen. Ja glaubst du, die machen das umsonst? Irgendwann zieht einer von denen selbst um. Logisch, dass ich dann auch dabei bin. Das ist soziale Kompetenz, meine Liebe. Aber du hast dich ja nicht einmal für den Umzug, bei dem mich fast der Schlag getroffen hätte, richtig bei mir bedankt. Ein Essen hast du uns gekocht zum Dank. Aber abgesehen davon, dass das ja wohl das Mindeste ist, das man erwarten kann, wenn man den ganzen Tag Möbel schleppt, dass die Frau, die dabei ja doch meistens nur im Weg herumsteht mit den paar leichten Kisten, die sie selbst trägt, dass sie dann für die, die hart gearbeitet haben, etwas zu essen kocht, abgesehen davon hast du selbst das im Grunde nur für dich getan. Damit du dein Gewissen beruhigst. Weil wenn du wirklich für uns gekocht hättest, dann hätten nämlich ein paar Würstel genügt, wenn dafür ein Kasten Bier mehr bereitgestanden hätte. Aber du hast ja eine französische Fischsuppe kochen müssen, wo der Manfred Fischsuppe hasst. Der hätte sich fast übergeben nach dem Essen. Das hast du nicht gewusst? Ja, da erkundigt man sich halt vorher. Es ist ja nicht jeder gleich. Der eine mag Fischsuppe, der andere nicht. Mir schmeckt sie übrigens auch nicht so besonders. Ein ordentliches Steak wäre mir auch lieber gewesen. Aber ich beklage mich ja nicht. Ich habe mich nie beklagt. Es geht mir nur um Folgendes: Wir sollen tun, was ihr wollt, und ihr dankt uns dann so, wie ihr wollt. Wenn ich jemandem wirklich danken will, dann koche ich nicht das, was mir selbst schmeckt, sondern ich koche das, was dem anderen schmeckt. So ist es ja auch bei den Weihnachtsgeschenken. Ihr schenkt uns zu Weihnachten etwas, das euch selbst gefällt und nicht etwas, das uns gefällt. Und dann wundert ihr euch, wenn man sich nicht besonders freut. Aber ich habe ja die Wahl zwischen drei Möglichkeiten: den Haushalt auch noch selbst zu erledigen, die Erziehung deines Sohnes zu übernehmen oder auszuziehen. Du machst mich klein, schreibst du in deinem unverschämten Brief, und weiter unten: Du hältst mich klein. Du haltest mich klein, heißt das, wenn schon. Und: Ich bitte dich! Was denn nun? Mache ich dich nun klein, oder halte ich dich klein? Merkst du denn nicht allein an solchen Widersprüchen, wie inkonsequent du bist, wie wenig durchdacht deine Argumente sind, wie schlampig du alles formulierst? Ihr geht einfach hin und schreibt auf, was euch gerade so durch den Kopf geht, dabei bemüht ihr euch nicht einmal um die korrekte Grammatik. Hauptsache rausgespuckt, was ihr glaubt, das euch gerade entlasten könnte, weggeschoben, worüber ihr nachdenken müsstet, vom anderen etwas behauptet, wo ihr über eure eigenen Fehler nachdenken solltet, Schuldzuweisung betrieben, wo niemand sonst schuld ist als ihr selbst. Und du glaubst auch noch, fein raus zu sein mit diesem durch und durch inkompetenten Brief. Aber das bist du nicht. Ich habe ihn aufgehoben, und ich werde ihn jedem zeigen, der mir zu sagen wagt, ich hätte dich unterdrückt. Sollen die Menschen doch selbst lesen, wie du mit mir sprichst und wie du dich selbst betrügst. Ich habe dieses Machwerk bereits dem Heli und dem Erwin vorgelesen, die haben mich nur mit großen Augen angeschaut. Kein Wort haben die gesagt, so sprachlos waren sie: entweder – oder! Unglaublich. Und das ausgerechnet von dir. Da ernährt man euch zwanzig Jahre lang, beteiligt sich an allem: Schwangerschaft, Geburt undsoweiter, holt seinen Sohn sogar abends vom Hort ab, obwohl man selbst dagegen war, dass das Kind in einen Hort gehen muss, dann wird man entlassen, baut euch aber noch ein Haus und erleidet fast einen Herzinfarkt beim Umzug, und am Ende heißt es, man solle sich am Haushalt beteiligen, oder man solle sich an der Erziehung des Kindes beteiligen, oder man solle ausziehen. Dieser Brief ist ein Dokument deiner Anmaßungen. Und dann der Schluss!

Unglaublich! Es ginge dir gut, schreibst du am Ende auch noch, ich kann nicht anders sagen als: unverfrorenerweise, Norddeutschland gefiele dir, die Kur sei erholsam und die Menschen seien freundlich. Und, jetzt kommt es! Du hättest endlich einmal die Muße und den Abstand, jenseits aller gegenseitigen Vorwürfe an mich zu denken. Du! Gegenseitige Vorwürfe! Endlich einmal an mich zu denken. Merkst du nicht, dass du dich damit endgültig entlarvst? Merkst du nicht, dass damit endlich schwarz auf weiß festgehalten ist, was für eine Egoistin du bist? Dass du nie wirklich an mich gedacht hast. Und wer hier wem Vorwürfe macht, ist ja auch wohl klar nach der Lektüre des Gesamtbriefes. Nein, Marie-Thérèse, es ist gar nicht anders möglich: In Norddeutschland, während der Kur, hast du einen anderen kennen gelernt, und der hat dir Wort für Wort dieses Briefes diktiert, nachdem du wochenlang ungestört mit ihm herumgebumst hast.

11

Ich bin nie eifersüchtig gewesen. So ein Mann war ich nie, der seine Frau auf Schritt und Tritt verfolgt und immer nur misstrauisch ist. Ich habe das nie verstanden, wenn andere Männer mir erzählt haben, wie sie aufpassen, wer wie mit ihrer Frau redet und was sie dann wie sagt und ob sie dabei lächelt oder nicht. Blödsinnig ist mir das immer vorgekommen. Weil wenn jemandem meine Frau gefällt, dann gefällt mir das auch. Da freue ich mich doch, dass meine Frau nicht nur mir, sondern auch anderen gefällt. Mir gefallen ja auch andere Frauen. Das wäre ja noch schöner, wenn mir keine andere mehr gefallen würde. Ich meine, da würde doch etwas nicht stimmen, das wäre doch krank. Ich habe im Gegenteil die Erfahrung gemacht, wenn mir die eigene Frau gefällt, dann gefallen mir die anderen Frauen auch. Und je besser mir andere Frauen gefallen, desto besser gefällt mir auch die eigene Frau. Weil es nämlich die Offenheit ist, die zählt. Wenn die Offenheit fehlt, dann fehlt sie auch bei der eigenen Frau. Sexuell meine ich jetzt. Aber darauf legen es ja die meisten Frauen an. Auf die mangelnde Offenheit. Weil wenn eine Frau erst einmal ein Kind bekommen hat, dann ist es sowieso meist aus mit dem Sex. Sie hat das Kind, also die Sicherheit, das Unterpfand, die Garantie, und dann interessiert sie die ganze Sexualität nicht mehr. Bei uns Männern ist das natürlich anders, und deshalb habt ihr ein Interesse daran, dass wir nicht nur an der eigenen Frau das Interesse verlieren, sondern auch an den anderen Frauen. Na ja, man kennt das ja zur Genüge: Zuerst habt ihr dauernd mit dem Kind zu tun, dann seid ihr müde, habt Migräne undsoweiter. Dann kommt ihr darauf, dass wir schnarchen, das stört euch in der Nachtruhe, ihr schlagt getrennte Schlafzimmer vor undsoweiter undsofort. Immer, wenn wir uns nähern, passt euch irgendetwas nicht. Entweder ihr habt gerade die Regel oder die Kinder schlafen noch nicht, oder ihr wollt nicht, weil wir nie mit euch reden oder weil wir zu viel geredet haben oder zu laut, oder weil wir etwas getrunken haben und ihr nicht mit einem Betrunkenen schlafen wollt, oder weil wir nichts getrunken haben und deshalb grantig waren, und weil ihr nicht mit einem Mann schlafen wollt, der immer grantig ist und keine Zärtlichkeit kennt undsoweiter. Das alles natürlich schleichend, hintenherum, indirekt. Nie, dass eine Frau einmal hergehen und ihrem Mann sagen würde, dass sie nicht mehr mit ihm schlafen will. O nein. Ihr tut auch noch so, als wolltet ihr ohnehin. Nur die Umstände sind immer dagegen. Keine Offenheit, keine direkte Aussage. So haltet ihr uns hin, bis uns die Lust vergeht. Aber nicht nur, wie gesagt, an der eigenen Frau, sondern an allen Frauen. Wenn das so kompliziert ist, denken wir uns unterschwellig, dann lassen wir es eben. Ganz anders wäre es natürlich, wenn Offenheit herrschen würde, weil dann würden wir uns vielleicht eine andere Frau suchen, die uns begehrt und die mit uns schlafen will und die nicht immer irgendwelche Ausreden hat. Aber genau darum geht es ja. Das wollt ihr verhindern. Also tut ihr so, als wären die Umstände schuld daran, dass ihr nicht mit uns schlafen wollt. Und weil sich das Ganze meist über Jahre hinzieht, zermürbt ihr uns natürlich. Verhindert jede Offenheit. Und damit habt ihr erreicht, was ihr wolltet, weil ihr damit die Garantie habt, dass wir nicht fremdgehen. Ihr seid ja ungeheuer egoistisch. Ihr interessiert euch nicht mehr für euren Kerl, aber er soll sich auch für keine andere Frau interessieren, und eine andere Frau soll sich auch nicht für ihn interessieren. Wenn ich mich heute nicht mehr für meine Frau interessiere und ich merke, dass sich aber ein anderer für sie interessiert, dann kann das entweder der Anstoß sein, dass ich mich doch wieder für meine Frau interessiere, oder ich reiche die Scheidung ein. Das ist ganz einfach: entweder – oder. Nur, dass ihr ja keine klaren Verhältnisse kennt. Ihr interessiert euch nicht mehr für den Kerl, eine andere interessiert sich für ihn, und ihr interessiert euch trotzdem nicht mehr für ihn, aber hergeben wollt ihr ihn auch nicht. Da werdet ihr auf einmal eifersüchtig, ohne dass ihr aber andersherum noch etwas von ihm wollt. So eine Logik musst du erst einmal verstehen als Mann. Das nenne ich Egoismus und Pragmatismus. Es geht um das Finanzielle, das ist alles. Und um das Prestige. Es geht darum, was die anderen sagen, wenn der Kerl eine andere hat, es geht um lauter Äußerlichkeiten. Nur um den Kerl selbst geht es nicht. Nur um die Liebe geht es nicht. Das sind die Frauen. Im Grunde lieblos. Äußerlich. Oberflächlich. Der Schein muss stimmen, das ist die Hauptsache. Nur keine Verunsicherung, kein Risiko, alles soll abgesichert sein, und dann gehen sie noch her und wollen eine harmonische Ehe führen. Aber ohne Sex. Weil der führt sowieso nur zur Disharmonie. Und als Mann lässt man sich das jahrelang gefallen. Denkt an die

Familie, an die Verantwortung, an die Pflicht. Sieht keine anderen Frauen mehr, wird zu einem asexuellen Wesen, das nur mehr Geld verdient und in seiner Freizeit im Hobbyraum tischlert. Und am Ende hält man sich noch für einen freien Menschen, nur, weil die Frau einen in Ruhe lässt. Man hat schließlich schon von anderen Fällen gehört, da dürfen die Männer nicht einmal in ihrem Hobbyraum tischlern, sondern müssen immer im Wohnzimmer sitzen und mit der Familie Mensch-ärgere-dich-nicht spielen. Man hört von Xanthippen, die nur herumkeifen, von Verschwendungssüchtigen, die das ganze Geld, das der Mann verdient, für Kleider oder Schmuck ausgeben, und man kommt zu dem Schluss, dass man ungeheures Glück gehabt hat mit einer Frau, die einen in Ruhe lässt. Man sagt sich, so ist die Frau nun einmal geschaffen, sie hat nicht das Interesse am Sex wie der Mann, man erinnert sich an irgendwelche Zeitungsartikel, Hormone undsoweiter, Ausschüttungen im Kleinhirn. Und eines Tages erfährt man dann, dass sie einen Geliebten hat. Eines Tages wird einem dann klar, dass die Frau, der man immer mangelndes sexuelles Interesse a priori attestiert hat, tagelang mit einem anderen rumbumst. Womöglich in der eigenen Wohnung. Und dass sie womöglich mit dem anderen Dinge macht, die sie mit uns nie gemacht hat. Und da hört es auf, da wird es pervers, wisst ihr. Da zeigt sich euer wahrer Charakter, der nichts anderes als ein egoistischer und ein lüsterner Charakter ist. Da könnt ihr auf einmal die Spitzenunterwäsche anziehen, die jahrelang unbenutzt im Schrank herumgelegen hat. Auf einmal tut euch das nicht mehr weh, wenn euch einer von hinten bumst. Glaubst du, ich weiß nicht, dass ihr im

Grunde viel triebhafter seid als wir? Das hab ich schon bei der Elfi damals gemerkt. Die Elfi hat immer wollen, das war am Ende direkt eine Belastung. Schließlich arbeiten wir ja. Und wenn du dann heimkommst am Abend und du weißt schon, da wartet eine auf dich, die immer nur das Eine will, kaum bist du bei der Tür hereingekommen, zieht sie dir schon die Hose aus, und du solltest immer können, weil die Weiber ruhen sich ja den ganzen Tag aus und denken an nichts anderes als an das. Und außerdem ist es ja heute wissenschaftlich bewiesen, dass ihr immer könnt. Ihr habt ja keine Potenzprobleme. So eine Frau kann stundenlang einen Orgasmus nach dem anderen haben, ohne Unterbrechung. Ihr kennt kein Maß und Ziel. Auch nicht in sexueller Hinsicht. Entweder ihr wollt gar nicht, oder ihr wollt immer. Da gibt es ja Filme darüber, wo man sehen kann, wie das endet. Hast du einmal *Im Reich der Sinne* gesehen? Natürlich hast du es nicht gesehen, weil du hast immer nur davon geredet, dass du ins Kino gehen möchtest, aber gegangen bist du nie. Weil ich am Abend einfach nicht mehr die Kraft gehabt habe, ins Kino zu gehen, und alleine bist du zu feige dazu gewesen. In dem Film *Im Reich der Sinne* jedenfalls, da kann man sehen, wohin das führt. Da sperrt die Frau den Mann in ein Zimmer ein, nimmt ihm die Kleidung weg, damit er nicht mehr ausgehen kann, und dann bumsen sie bis zur totalen Erschöpfung. Am Ende erwürgt sie ihn und schneidet ihm den Schwanz ab. Ja, so ist das. Ein Mann weiß seine Grenzen. Ihr habt keine, rein physisch. Ihr nehmt euch, was ihr wollt, und wir sollen funktionieren. Das ist schon in der Bibel festgehalten. Oder woher glaubst du, hat die Jungfrau Maria ihren Sohn, wenn sie den Ehemann nicht rangelassen hat? Es ist ja das alte Muster. Der Kerl war älter als sie, aber natürlich eine gute Partie, sie heiratet ihn, setzt ihr jungfräuliches Lächeln auf, lässt ihn nicht ran, und eines Tages ist sie schwanger. Ich habe die Geschichte schon immer abstoßend gefunden. Das habe ich auch damals dem Pfarrer gesagt, als ich vierzehn Jahre alt war und schon lange Messdiener, und der fragt mich bei der Beichte, ob ich Unkeuschheit getrieben hätte. Na dem habe ich vielleicht etwas erzählt. So etwas von Verlogenheit habe ich noch nie geduldet. Redet da herum, über Keuschheit undsoweiter, und setzt uns die Mutter Gottes mit ihrem unehelichen Balg vor die Nase. Der Sohn Gottes, sagt er, sei nicht unehelich, sondern geistig gezeugt, weil er nämlich nicht aus fleischlicher Lust entstanden sein könne. Wenn sich Gott zu schade ist für die fleischliche Lust, habe ich dem Pfarrer damals im Beichtstuhl gesagt, dann hätte er sie ja auch dem Menschen nicht mitgeben müssen. Das ist doch alles nur eure Verklemmtheit, habe ich gesagt, dass ihr die Dinge herumdreht und wendet, nur weil ihr selbst nicht randürft. Der Pfarrer hat damals herumgelabert über die Freiheit des Menschen und über die Sünde, und dass es ja nur eine Sünde geben kann, wenn der Mensch auch frei ist, sie zu begehen, und dass es darum die Sexualität gäbe, damit der Mensch ihr widerstehe. Jedenfalls in einem bestimmten Rahmen, in einem anderen Rahmen wiederum sei es etwas anderes, in der Ehe zum Beispiel. Obwohl es natürlich auch in der Ehe gewisse Grenzen gebe. Mein Gott, die Ehe! Was weiß so ein Pfaffe denn über die Ehe? Der fällt natürlich herein auf die Hausfrauen, die zu ihm kommen und beichten und ihm im Beichtstuhl irgendwelche Geständnisse der abstoßendsten Art machen über die Perversionen ihrer Ehemänner, und der ermutigt sie dann auch noch zu widerstehen. Und sie gehen zufrieden aus dem Beichtstuhl hinaus, beten zwanzig Ave-Maria und lächeln der Heiligen Mutter Gottes vorne auf dem Altar zu. Und dann gehen sie los und treffen sich mit ihrem Liebhaber. Und während der Liebhaber sie befummelt, erzählen sie ihm von den Perversionen ihrer Ehemänner und wie die sie knechten. Der Liebhaber bestärkt sie natürlich dabei, schüttelt den Kopf, äußert sich abfällig über die Rohheit des Ehemanns, über seine Verkommenheit, und versucht ihr weiszumachen, dass mit ihm alles ganz anders wäre. Na ja, und wenn er genug Geld verdient und der Frau etwas bieten kann, so dass ihr kein Nachteil entsteht, dann lässt sie sich eines Tages vielleicht sogar scheiden und heiratet dann den Liebhaber. Vielleicht ist es ja das, was du planst? Du tust jetzt so, als wärst du ganz alleine ausgezogen, hättest alleine die Scheidung betrieben, die Wohnung gesucht und das Kind in der Schule und dem neuen Hort angemeldet, und so nach ein, zwei Jahren, wenn Gras über die ganze Sache gewachsen ist, dann heiratest du den anderen? Falls er dich nimmt. Weil das musst du bedenken, Marie-Thérèse, wenn du zu lange wartest, dann könnte der vielleicht daraufkommen, was du für eine Schlampe bist und wie unselbstständig du im Grunde bist und dass kein Mensch wirklich mit dir zusammenleben kann. Dann wird er dich vielleicht nicht mehr heiraten, und dann stehst du da und bist wirklich allein. Du wirst es mir vielleicht nicht glauben, aber ich mach mir Sorgen um dich.

12

Kannst du dich an unseren Werbefachmann, den Heli, erinnern? Der hat doch vor ein paar Jahren gekündigt und einen Job beim Fernsehen angenommen. Keine Ahnung, als was genau er dort arbeitet. Jedenfalls hat er einen Job beim Fernsehen. Und da hat er eine junge Filmschauspielerin kennen gelernt, weißt du noch? Wegen der hat er sich dann von seiner Frau scheiden lassen. In der Zeit vor der Scheidung war ich oft zusammen mit dem Heli, weil der war damals am Ende mit den Nerven. Das Haus war gerade fertig gebaut, die Frau wollte sich nicht scheiden lassen oder hätte im Falle einer Scheidung eine Abfindung und einen Unterhalt verlangt, da hätte ja der Heli die junge Schauspielerin nie ernähren können, wenn er das gezahlt hätte. Dauernd ist er dagesessen und hat mich gefragt, was er tun soll. Ich weiß nicht, wieso er ausgerechnet auf mich gekommen ist, vielleicht hat er sonst niemanden gehabt, oder er wollte mit denen beim Fernsehen nicht darüber reden, was weiß ich. Einmal war er sogar zum Abendessen bei uns mit seiner Freundin, weißt du noch? Du hast irgendetwas Italienisches gekocht, glaube ich, und nachher hast du selbst gesagt, dass die Filmschauspielerin bildschön ist. Du hast gesagt, die Frau vom Heli hat null Chancen gegen die, das weiß ich noch. Erinnerst du dich? Das ist wichtig. Weil jetzt kommt es. Pass gut auf: Die junge Schauspielerin ist nämlich auch oft zu mir gekommen und wollte sich bei mir Rat holen. Sie hat mich von der Arbeit abgeholt und dann hat sie mich ausgefragt, weil sie geglaubt hat, dass ich den Heli in- und auswendig kenne. Wer weiß, was ihr der Heli von mir erzählt hat, jedenfalls habe ich das Gefühl gehabt, die bewundert mich richtig. Na ja, es wird schon so gewesen sein, dass der Heli eine hohe Meinung von mir gehabt hat, weil sonst wäre er ja nicht selbst dauernd gekommen und hätte mich um Rat gefragt. Jedenfalls, einmal, als wir zusammen auf ein Bier gegangen sind, hat sie zu weinen angefangen. Sie hat gesagt, der lässt sich nie scheiden, das halte ich nicht mehr aus, ich will nicht seine Geliebte sein, ich will ihn heiraten und ein Kind von ihm undsoweiter. Sie hat richtig geschluchzt. Da habe ich ihr die Tränen abgetrocknet und habe ihren Arm ein bisschen getätschelt, und da hat sie mich plötzlich ganz komisch angeschaut. Na ja, habe ich mir gedacht, das wird der Kummer sein wegen dem Heli. O nein, die Geschichte ist noch nicht aus. Ganz und gar nicht. Höre nur weiter zu: Ich bin doch im Herbst vor zwei Jahren auch einmal auf Kur gefahren. Wegen meinem Bluthochdruck. Bad Tatzmannsdorf. Erinnerst du dich? Klar erinnerst du dich, du hast mich ja selbst mit dem Kind dort besucht. Aber nicht nur du. Sie auch! Ich habe dir das nie erzählt, weil ich mir gedacht habe, warum soll ich das der Resi erzählen? Die Resi regt sich nur auf, habe ich gedacht, obwohl es gar nichts zum Aufregen gibt, weil nichts weiter daraus geworden ist. Siehst du, so sicher, wie du wahrscheinlich immer gedacht hast, war ich dir nicht. Da hat es andere gegeben, die hätten schon wollen. Da könnte ich eine ganze Reihe von Frauen aufzählen. Die Filmschauspielerin erwähne ich nur, weil sie so eine Schönheit war. Als die in Bad Tatzmannsdorf in meinem Kurhotel aufgetaucht ist, sind die Kurgäste in der Halle stehen geblieben und haben sich nach ihr umgedreht. Und als sie gemerkt haben, dass diese Schönheit zu mir gekommen ist, das kannst du dir nicht vorstellen, wie ich da in deren Achtung gestiegen bin. Aber um hundert Prozent. Der Portier hat sich gar nicht mehr gefangen. Die besseren älteren Herrn waren plötzlich ganz wild auf ein Gespräch mit mir. Die Damenwelt war natürlich empört. Ich meine, da war so eine Hausfrau in deinem Alter, mit der bin ich öfter spazieren gegangen, Kurschatten, verstehst du? Natürlich nichts Großes dahinter, ist klar, jedenfalls, die hat in den restlichen zwei Wochen, die meine Kur dann noch gedauert hat, kein Wort mehr mit mir gesprochen. Na ja, du musst dir das so vorstellen: Wir sitzen alle gerade unten in der Kurhalle und trinken irgendein Heilwasser, oder was weiß ich, irgendetwas machen wir jedenfalls, fasten oder trinken, da schwingt auf einmal die große Schwingtür zur Kurhalle auf, und sie steht da. Mathilde hat sie geheißen, falls du dich nicht an ihren Namen erinnerst. Sie hat so einen kurzen beigen Leinenrock angehabt und schwarze Strümpfe. Dazu eine schwarze Lederjacke. Und dann die langen blonden Haare! Kannst du dir das vorstellen? Es war, als wäre ein Engel hereingeschwebt. Ich hätte sie beinahe selbst nicht erkannt, weil ich ja überhaupt nicht damit gerechnet habe, dass die Mathilde in Bad Tatzmannsdorf auftaucht. Jedenfalls kommt sie direkt auf mich zu – ich schaue sie noch erstaunt an –, beugt sich zu mir herunter, küsst mich auf beide Wangen und fängt zu heulen an. Na, ich springe auf und bringe sie sofort auf mein Zimmer. Ist ja klar. Dort gieße ich ihr erst einmal einen Schluck Enzian ein, dann noch einen. Sie kann zuerst gar nichts sagen vor lauter Heulen, und als sie wieder sprechen kann, erzählt sie mir, dass der Heli mit seiner Frau eine Woche auf Urlaub gefahren ist und dass sie das Ganze nicht mehr aushält, dass sie Tag und Nacht heult und dass sie das alles bald satt hat. Ich versuche, sie zu trösten und sage ihr, dass es absolut keinen Sinn hat, unglücklich zu sein. Wenn sie unglücklich ist und heult, sage ich, dann kriegt sie den Heli nie. Welcher Mann verlässt seine Frau wegen einer Geliebten, die Tag und Nacht herumheult. Du gehörst aufgemuntert, sage ich zur Mathilde, und weil so eine Kur sowieso so langweilig ist und man nicht weiß, was man mit seiner ganzen Zeit anfangen soll, habe ich ihr ein volles Programm geliefert. Zuerst sind wir mit der Gondel auf den Mittagskogel hinaufgefahren, dort oben haben wir in der Sonne gesessen und haben einen Grog getrunken, dann sind wir wieder hinuntergefahren, und ich habe sie ins Hallenbad mitgenommen. Na, frage nicht. Die alten Herrn haben nach Luft gejapst, als sie im Bikini ins Wasser gesprungen ist. Und ich muss sagen: kein Wunder! Wir sind sogar um die Wette geschwommen, sie war gar nicht so schlecht, die Mathilde. Ich meine, für eine Frau. Sie hätte mich fast geschlagen. Da hat sie schon wieder gelacht. Ich habe ihr anschließend die Haare geföhnt, die waren ja pitschnass nach dem Wettschwimmen, und dann sind wir essen gegangen. Aber ordentlich! Ich habe in dem Kurhotel immer nur Diät gekriegt, da habe ich natürlich dementsprechend reingehauen. Dazu eine gute Flasche Wein, dann noch eine, dann einen Grappa, dann noch einen. Ich kann dir sagen, gegen drei Uhr früh sind wir ins Kurhotel gewankt. Ich habe sie einfach mitgenommen. Wo hätte sie denn auch hin sollen um drei Uhr früh? Sie hat ja kein Zimmer gehabt und nichts. Wahrscheinlich hatte sie vorgehabt, am Abend wieder heimzufahren. Aber dazu war es zu spät. Wir haben noch Glück gehabt, dass der Nachtportier geschlafen hat, aber wahrscheinlich kann man den sowieso leicht bestechen. Das wird nicht das erste Mal gewesen sein, dass jemand jemanden mitnimmt in sein Zimmer. Schließlich sind wir alle erwachsen, oder? Wir also hinauf in den zweiten Stock, wir waren so etwas von betrunken! Dann ziehen wir uns aus. Diese Frau war so schön, so etwas habe ich in meinem Leben noch nie gesehen. Jedenfalls nicht von so nah. Einen Körper hat die gehabt, einfach vollkommen. Einen Moment habe ich gedacht, die ist direkt zu schön. Mit einer so schönen Frau, habe ich gedacht, könnte ich gar nicht schlafen. Und da ist mir plötzlich zu Bewusstsein gekommen, dass sie das vielleicht will. Ich bin direkt erschrocken. Wir also hinein in mein Bett, und sie hat sich tatsächlich an mich herangemacht. Aber da war nichts zu machen. Allein wegen des vielen Alkohols. Sie hat dann wieder zu heulen angefangen, und da habe ich schon bemerkt, dass sich unter Umständen doch etwas rühren würde bei mir, und da habe ich sie gefragt, ob sie eigentlich wegen mir gekommen ist oder wegen dem Heli. Sie hat noch mehr geheult und: Wegen dem Heli! gesagt. Aber das sage ich dir, und deshalb erzähle ich ja die ganze Geschichte, wenn die Mathilde damals gesagt hätte, dass sie wegen mir gekommen ist, dann wäre ich weg gewesen. Aber unter Garantie. Mit der Frau wäre ich ausgebrochen aus unserer Ehe, darauf kannst du Gift nehmen. Und dann stündest du heute ganz anders da. Dann hätte niemand gesagt: Kein Wunder, dass die Resi den Franz verlassen hat. Der Franz war immer schon ein Tyrann. Der Franz hat seine Entlassung nicht verkraftet. Der Franz hat es nicht verkraftet, dass die Resi berufstätig ist. Die Resi ist einfach zu stark gewesen für den Franz, zu erfolgreich, zu aktiv. Ganz anders wäre das dann gelaufen, darauf kannst du dich verlassen. Auf einmal hätten alle gesagt: Ist ja kein Wunder, dass der Franz die Resi verlassen hat mit DER Frau: fünfundzwanzig Jahre jünger als die Resi, bildschön, Filmschauspielerin. Die arme Resi, hätte es auf einmal geheißen, mit ihren fünfundvierzig Jahren ist sie ja auch nicht mehr die Jüngste, und jetzt so was. Na, ob die noch einmal einen anderen findet? Wahrscheinlich nicht. Wer will schon eine Fünfundvierzigjährige mit einem achtjährigen Sohn? Wenn das Kind wenigstens schon älter wäre, würden dann auch deine Freundinnen sagen, so dass sie es abends allein lassen könnte, aber so? So müsste sich ein Mann auch um das Kind kümmern, der müsste ja Vater spielen, und wer macht denn das wegen einer Fünfundvierzigjährigen, der er sowieso keine eigenen Kinder mehr machen kann? Da würdest du aber jetzt ganz anders dastehen. Die Resi war immer zu ängstlich für ihn, würden die Leute dann nämlich plötzlich sagen, wenn man das vergleicht mit der Mathilde. Die Mathilde hat ja vor nichts Angst. Die ist gewöhnt, dass sie im Mittelpunkt steht, als Schauspielerin. Die starrt nicht immer nur in die Ecke, wenn sie in Gesellschaft ist, sondern die nimmt einfach jeden gefangen mit ihrem Scharm. Und außerdem musst du bedenken, dass die Mathilde auch ziemlich gescheit ist. Ich meine, das glaubt ja zuerst niemand, wenn eine Frau so schön ist. Wenn eine Frau so schön ist, denkt man zuerst, ist sie wahrscheinlich dumm. Zum Ausgleich. Weil man das einfach nicht glauben kann, dass jemand beides hat: Schönheit und Intelligenz. So ist es aber. Und obendrein hat sie noch eine solche Kraft gehabt, wie du sie auch vor zwanzig Jahren nicht gehabt hast. Allein wie sie die Dinge angefasst hat. Ich meine, wenn du eine Tür aufmachen willst, dann fasst du ja so zaghaft hin, dass sie bestimmt nicht aufgeht. Du fasst die Dinge überhaupt nie richtig an. Das habe ich dir schon oft gesagt: Zupacken musst du, Resi, habe ich gesagt, angreifen musst du die Dinge. Aber nicht so zaghaft, mit spitzen Fingern, irgendwie. Glauben musst du daran, dass eine Tür auch aufgeht, wenn du sie aufmachen willst. Aber so gehst du ja alles im Leben an: zaghaft, ungläubig, unlustig. Alles nur halb. Nicht einmal genäht hättest du richtig und ganz, wenn ich dich nicht dazu überredet hätte. Das kannst du mir nicht erzählen, dass du dir selbst eine Schneiderwerkstatt eingerichtet hättest, wie du sie heute hast. Und so ist das auch im Bett. Da gibt es nichts Halbes, und Zaghaftigkeit ist so gut wie gleich gar nicht. Mein Gott, wenn ich da an die Elfi denke. Das war ein sexueller Mensch. Und die hat gewusst, was sie an mir hat. Franz, hat die Elfi oft gesagt, du hast ja keine Ahnung wie andere Männer im Bett sind. Das hat die Elfi gesagt, und der Elfi kannst du glauben, weil die hat eine ganz andere Erfahrung gehabt als du. Die Elfi hat immer gesagt, dass ich eine Ausnahme bin, dass es so etwas wie mich eigentlich überhaupt nicht gibt unter den Männern. Na ja, es hat ja auch bei dir eine Zeit gegeben, da habe ich gedacht, das wird schon werden mit der Resi. Manchmal bin ich sogar erschrocken am Anfang, so impulsiv warst du auf einmal. Direkt zu viel für deine Verhältnisse. Eine Zeit lang hast du fast nicht genug kriegen können, und da habe ich mir schon gedacht, auf das will ich mich eigentlich nicht einlassen. Weil du musst bedenken, ich bin ja gerade von der Elfi gekommen, und ich kann dir sagen, die Elfi war einfach zu sexuell. Ich meine, die hat an überhaupt nichts anderes gedacht, für die war das das Wichtigste. Da kannst du ja kein normales Leben führen, wenn eine immer nur das will. Kaum sitzt du vor dem Fernseher, nestelt sie schon an dir herum, im Auto, unter der Dusche, beim Zeitunglesen. Ja, die Elfi. Dabei darfst du nicht denken, dass sie nur vergnügungssüchtig war. Gar nicht. Die Elfi hat dabei einen Ernst gehabt! Sie hat immer gesagt, dass sie mich liebt. Ich meine, das ist natürlich auch eine Belastung, wenn dir jemand dauernd sagt, dass er dich liebt, und du merkst schon, du müsstest es auch sagen, aber irgendwie bleibt dir das im Hals stecken. Ich hatte vorher noch nie einer Frau gesagt, dass ich sie liebe, weil mir das immer zu pathetisch vorgekommen wäre, oder vielleicht habe ich ja wirklich keine geliebt, ich habe es jedenfalls auch zur Elfi nicht sagen können. Manchmal bin ich extra später von der Arbeit heimgekommen, weil ich Angst gehabt habe, dass die Elfi schon wieder will. Eigentlich weiß ich auch nicht, warum mich das gestört hat, weil die Elfi war wirklich gut im Bett. Die hat eine Fantasie entwickelt, von der hast du keine Ahnung. Bei der habe ich immer können, selbst wenn ich gar nicht gewollt habe.

Ich habe sie auch sonst mögen – und trotzdem! Ich weiß nicht, was mich daran gehindert hat, zu bleiben. Lange habe ich ja geglaubt, es war, weil ich mich so in dich verliebt habe, aber das glaube ich heute nicht mehr. Ich habe mich vor der Elfi gerettet. Und dann später mit dir das genaue Gegenteil. Du hast ja immer eine Ausrede gehabt, warum du gerade nicht mit mir schlafen kannst. Ich habe mir dann irgendwann gesagt: Mein Gott, jetzt sind wir schon so lange zusammen, und wenn eine Frau ein Kind hat, dann ist es sowieso meistens aus mit dem Bumsen. In gewissem Sinn mit der ganzen Ehe. Besonders, wenn sie einen Sohn hat. Das ist so. Der Sohn verdrängt den Vater immer. Vielleicht war es das Ausgeliefertsein, das ein Mann spürt, wenn ihn eine Frau wirklich begehrt. Ich meine jetzt die Elfi. Wenn ich eigentlich nicht gewollt habe, und die hat mich berührt und ich habe gespürt, wie sie mich begehrt, dann habe ich sie auch begehrt. Es hat gar keinen Sinn gehabt, sich dagegen zu wehren. Ich hätte natürlich aufstehen und gehen können, das wäre für mich kein Problem gewesen, verstehst du mich? Und nachher bin ich ja auch gegangen, und zwar zu dir und für immer, weil ich nicht abhängig bin von diesen sexuellen Dingen. Das habe ich ja hinlänglich mit dir bewiesen. Ich brauche das nicht, da bin ich nicht wie andere Männer, die dann ins Puff gehen. Das bringt mir nichts so ein Puff, weil die rein körperliche Sache, die ist mir zu wenig. Aber eines ist mir heute schon klar: Wenn es im Bett nicht stimmt, ist die Ehe so gut wie vorbei. Wenn es im Bett stimmt, dann stimmt es auch sonst. Und zwar gerade, weil das Sexuelle bei mir nicht isoliert dasteht. Ich meine, sonst hätte ich die Mathilde in Bad Tatzmannsdorf damals doch einfach hergenommen, egal, ob die jetzt eigentlich den Heli wollte oder mich. Oder die Claudia, unsere Nachbarin. Dauernd klopft sie und will etwas: einmal Milch, einmal Butter, dann fehlt ihr wieder ein bisschen Mehl. Dann steht sie mit der Tasse voll Mehl, die ich ihr gegeben habe, in meiner Küche herum. Wie es mir geht, fragt sie und bleibt stehen, ob ich etwas brauche, ob ich genug esse, ob ich mir etwas koche oder essen gehe? Undsoweiter. Die wartet doch nur darauf, dass ich mich auf sie stürze. Aber so seid ihr. Entweder ihr seid frigid, oder es geht euch nur ums Bumsen. Da heißt es immer: Die Männer wollen nur das Eine. Aber das ist ein Ablenkungsmanöver. Das wisst ihr, und das wissen wir. Doch niemand spricht darüber. Wir Männer sprechen nicht darüber, weil wir viel zu diskret dazu sind. Weil wir uns schämen würden, so etwas am Stammtisch auszusprechen. Und ihr sprecht es nicht aus, weil ihr grundsätzlich scheinheilig seid und weil ihr nie die Wahrheit sagt. Weil es für euch in jedem Fall vorteilhafter ist, wenn ihr die Wahrheit für euch behaltet. Weil ja eure ganze Macht nur auf Verlogenheit und Täuschung basiert. Ihr täuscht uns, indem ihr vorgebt, ihr seid sexuell, und dann seid ihr frigid, ihr täuscht uns, indem ihr so tut, als wären wir für euch als Gesprächspartner wichtig, und dann wollt ihr nur das Eine. Ihr tut so, als wäre euch das Sexuelle nicht so wichtig, aber wenn ihr nicht genug kriegt, holt ihr euch einen anderen. Ihr tut so, als wären wir wichtig als Väter für eure Kinder, und dann, wenn es euch passt, nehmt ihr uns unsere Kinder weg. Und das besonders Verlogene und Selbstgerechte ist, dass ihr es auch noch selbst glaubt. Ihr glaubt ja eurer eigenen

Scheinheiligkeit. Ihr glaubt wirklich, dass es euch um höhere Werte geht, um das gute Gespräch, um die Auseinandersetzung, um die sinnvolle Freizeitgestaltung, um die harmonische Ehe. Alles Blödsinn. Um das Bumsen geht es euch, weil sonst wärst du nämlich nicht von mir weggegangen. Du nicht. Du hast mich ja immer betrogen. Von Anfang an. Als wir uns kennen gelernt haben, hast du mich schon betrogen. Ich habe zwar da noch die Elfi gehabt, aber das war etwas anderes. Mit der Elfi war ich schließlich fünf Jahre zusammen. Die Elfi war meine Verlobte damals, und ich war mitten im Entscheidungsprozess. Aber du hast niemanden gehabt, als wir uns kennen gelernt haben. Und dann hast du in der Zeit, in der wir schon etwas miteinander gehabt haben, noch einmal etwas angefangen mit einem Sparkassenfilialleiter. Einem dicklichen, schmierigen Kerl, wie ich weiß, seit ich ihn dann Jahre später einmal gesehen habe. Aber damals war ich eifersüchtig. Immerhin: ein Sparkassenfilialleiter. Und der hat ja auch gleich die Chance seines Lebens gewittert und dir dauernd Rosen geschickt, dich zum Essen eingeladen, Champagner mitgebracht. War ja auch kein Wunder! Weil das habe ich nie gesagt, dass du nicht gut ausgeschaut hast, damals, als wir uns kennen gelernt haben. In gewissem Sinn warst du sogar schöner als die Mathilde. Ich meine jetzt in einem ganz bestimmten Sinn. Ganz bestimmt hast du nicht diesen vollkommenen Körper gehabt, und deine Augen sind ein bisschen zu klein. Deine Haare sind auch nicht so besonders. Blond ist einfach schöner als rot, besonders, wenn das Blond wie bei der Mathilde golden schimmert. Deine Beine sind nicht so lang wie ihre. Aber dafür hast du etwas ganz Eigenes gehabt. Das kann man schwer beschreiben. Der Leo, ein Kollege von mir, der hat, als er dich zum erstenmal bei einer Betriebsfeier gesehen hat, gesagt: Deine Freundin, Franz, hat er gesagt, ist ein seltsam schönes Wesen. Das hat wirklich gestimmt. Weil einfach schön kann man nicht sagen, seltsam eigentlich auch nicht, aber seltsam schön. Weil das Seltsame ist, dass man nicht weiß, was eigentlich das Schöne an dir ist. Vielleicht doch das Glänzen in deinen Augen. Jedenfalls warst du schöner als die Elfi. Aber das sagt nichts. Weil, wie ich heute weiß: Auf die Schönheit kommt es nicht an. Es kommt auf die Lebenslust an, auf das Zupacken, auf die Entschiedenheit. Du hast mit deinem ewigen Zaudern und Zögern alles zerstört. Mein Gott, wie oft habe ich mir gedacht, dass ich das nicht mehr aushalte mit dir. Dieser schleppende Gang, habe ich gedacht, so etwas zieht einen doch nieder. Das Gesicht jeden Tag in der Früh: verquollen. Die Schultern: hängend. Die Zeit, die vergangen ist, bis du einmal eine Tasse abgewaschen hast. Wenn du sie überhaupt abgewaschen hast. Das Frühstückstablett mit den Brotbröseln ist ja oft bis Mittag auf dem Tisch gestanden. Manchmal mit Wurstpellen darauf. Ich habe ja zum Schluss nichts mehr gesagt. Ich habe gedacht, vielleicht kommt die Resi ja eines Tages von selbst darauf, was für eine Schlampe sie ist. Aber du bist nicht daraufgekommen. Du hast nie von selbst die Spinnweben an der Decke weggemacht. Hinter dem Schrank in deinem Zimmer sind riesige Staubknäuel gelegen. Die Holzkommode im Vorzimmer war ganz stumpf. Ja, da benutzt man halt einmal eine Holzpolitur. Die sprüht man auf ein weiches Tuch und verteilt sie vorsichtig auf dem Holz.

Dann lässt man die Politur eine halbe Stunde einziehen, damit das ausgetrocknete Holz sich voll saugen kann, und dann reibt man mit einem sauberen Staubtuch so lange kräftig nach, bis die Kommode glänzt. Aber auf so eine Idee wärst du ja nie gekommen. Da nützt die ganze Schönheit nichts, und wenn sie noch so seltsam ist. Ein Mann braucht etwas für die Augen. Weißt du, was die Mathilde unter ihrem T-Shirt angehabt hat? Einen schwarzen Spitzenbody und sonst nichts. So etwas reizt einen doch! Nicht, dass du keinen Spitzenbody gehabt hättest. Am Anfang habe ich dir ja jeden Geburtstag so etwas geschenkt: Bodys, BHs, Seidenslips. Aber es war ja alles umsonst. Du hast sie nicht angezogen. Und wenn du einmal so einen Spitzenbody angezogen hast, warst du garantiert am nächsten Tag krank. Halsweh, einen steifen Nacken, Rückenschmerzen. Da habe ich es dann irgendwann aufgegeben. Das mit dem getrennten Schlafen war dann der nächste Schritt. Das ist natürlich auch von dir ausgegangen. Du sprichst im Traum, hast du gesagt, ich wache dann auf und kann nicht mehr schlafen, und dann bin ich den ganzen Tag müde und kann nicht nähen. Ich habe aber Aufträge, hast du gesagt, die müssen ausgeführt werden, weil die meisten Kundinnen bestellen ja ein Kleid zu einem bestimmten Anlass, hast du gesagt, zur Geburtstagsparty, zum Bürgerball, zum Faschingsfest, für einen Theaterbesuch. Da kann ich es mir nicht leisten, hast du gesagt, dass ich nächtelang wach liege, nur weil du im Traum redest. Das habe ich eingesehen. Aber ich habe ja nicht wissen können, dass du dann überhaupt nicht mehr mit mir schläfst. Wenn ich nämlich am Abend zu dir gekommen bin, dann hast du immer eine Ausrede gehabt: Ich muss noch ein bisschen nähen, hast du gesagt, oder: Ich schau mir den Film im Fernsehen noch fertig an, oder du hast gesagt, dass du noch ein Schnittmuster im Bett studieren musst. Später, hast du gesagt, komm halt später. Aber du hast genau gewusst, dass ich nicht später komme. Weil wenn ich einmal im Bett liege, dann schlafe ich ein. Ich habe schließlich immer hart gearbeitet. Da liegt man nicht schlaflos herum. Da ist man froh, wenn man die Decke über den Kopf ziehen, die Augen zumachen und gleich schlafen kann. Schlaflosigkeit ist etwas für Unausgefüllte. Na ja, so ist es natürlich zu nichts mehr gekommen zwischen uns. Irgendwann habe ich es aufgegeben. Resigniert habe ich. Ich habe mir gedacht: Ist auch gut, ich brauche ja nichts. Ich habe zwar eine Frau, die nicht mit mir schläft, aber ich habe einen Sohn, ich habe einen Job, ich baue ein Haus, ich habe genug Geld, ich mache mit meiner Familie Urlaub. Und dann: zuerst der Job weg, dann das Geld, dann … Immer, wenn es angefangen hat, mir Spaß zu machen, dann hat es dir weh getan. An mir kann es nicht liegen. Der Elfi hat es ja auch nicht weh getan. Im Gegenteil. Aber du bist ja immer nur ausgewichen. So bist du in allem. Ausweichen, schweigen, die Schultern hängen lassen, kränkeln. Keinen Elan, keinen Glauben, keine Hoffnung. Verstehst du jetzt, warum ich mir solche Sorgen um euch mache? Wie sollt ihr denn überleben? Und was ist, wenn du in der Nervenklinik landest mit deinen Depressionen? Was ist dann mit meinem Sohn? Dann darf das Kind wieder zu seinem Vater zurück oder was? Und wenn du wieder entlassen wirst, dann kommt es wieder zu dir? Hin zum Vater, weg vom Vater, hin zum Vater.

Das ist doch kein Leben. Es geht doch nicht um uns. Es geht um meinen Sohn. Da haben wir eine Verantwortung und eine Pflicht. Daran möchte ich dich erinnern: an deine Pflicht. Deinem Sohn gegenüber. Aber Pflichtgefühl hast du ja noch nie gehabt. Immer nur alles nach dem Gefühl entscheiden. Fühlst du dich gut, Bumsen, fühlst du dich schlecht, kein Bumsen. Fühlst du dich gut, ist alles in Ordnung, fühlst du dich schlecht, gehst du auf und davon. Da nimmt man sich zusammen. Da versucht man es noch einmal. Dem anderen zuliebe. Es geht nicht immer nur nach der eigenen Lust. Danach, was einen gerade freut oder nicht. Dazu ist der Mensch doch ein soziales Wesen, dass er sich um den anderen kümmert, um den Mitmenschen. Dass er manchmal in den sauren Apfel beißt und tut, wozu er gerade nicht die größte Lust hat. Dem anderen zuliebe. Aber das versteht ihr nicht. Weil ihr viel zu egoistisch seid. Kalt seid ihr. Kalt und frigid. Du kannst nicht lieben. Das hast du von Anfang an nicht gekonnt, und das wirst du nie können. Du hast nie wegen mir geweint. Ich meine aus Liebe. Du hast nur geweint, weil du dich nicht von mir verstanden gefühlt hast oder weil ich dich angeblich beleidigt habe oder weil du eine Wut auf mich gehabt hast, aber nie hast du einmal aus Liebe geweint, so wie die Mathilde wegen dem Heli. Natürlich weiß ich, woran das gelegen hat. Du hast mir ja selbst gesagt, dass deine Mutter dich auch nicht geliebt hat. Immer nur herumkommandiert, beaufsichtigt, überbeaufsichtigt, aber nicht geliebt. Das vererbt sich. Deine Mutter war eine selbstsüchtige, bequeme, rechthaberische, durch und durch kalte, gefühllose Person. Faul wie die meisten Frauen ihrer Generation, die nichts ge-

leistet haben in ihrem Leben als eine einzige Tochter aufzuziehen. Die Männer sind ihr Leben lang an die Arbeit
gerannt und haben das Geld herangeschafft, und die
Frauen sitzen daheim und lächeln nachsichtig, wenn die
Männer abends einmal in Ruhe ihr Bier trinken wollen.
Und so etwas wird dann weitergegeben, von Generation
zu Generation. Aber das bedeutet ja Erwachsenwerden,
dass man sich davon befreit mit den Jahren, dass man
nicht immer wieder auf die alten Geschichten zurück-
kommt, sondern dass man sich am Riemen reißt und sich
ändert. Alles, was ich kann, habe ich mir selbst beibringen müssen. Glaubst du, ich war immer so, wie ich heute bin? Ich war ein ausgesprochen schüchternes Kind,
das sagen alle, die mich damals gekannt haben. Bevor ich
zum erstenmal in meinem Leben in ein Wirtshaus gegangen bin, bin ich vorher fünfmal um das Gebäude herumgegangen, weil ich mich nicht hineingetraut habe. Die
Kellnerin war stadtbekannt für ihre Schönheit, und auch
sonst. Lange Beine und blonde Haare! Aber ich bin trotzdem hineingegangen, schweißgebadet, und als ich das
Bier bestellt habe, hat meine Stimme gekrächzt, und mir
war heiß im Gesicht. Dabei war ich schon sechzehn. Was
glaubst du, was diese Schönheit von Kellnerin von mir
gedacht hat, dass ich mit sechzehn knallrot werde, nur
weil ich ein Bier bestelle. Spöttisch gelacht hat sie, und
dann hat sie mir das Bier gebracht und »Prost Burli« gesagt. Das war eine Demütigung. Aber ich habe es weggesteckt. Und am nächsten Tag bin ich wieder hingegangen
und wieder zu dieser Schönheit und wieder das Bier bestellt und wieder rot geworden. Na ja, und irgendwann
einmal bin ich dann nicht mehr rot geworden. Das nenne

ich lernen. Und das hast du nie gemacht. Wenn etwas einmal nicht geklappt hat, dann hast du es nie wieder versucht. Weil du nicht lernen kannst. Weil du alles immer schon von vornherein können willst. Du willst an sich perfekt sein. Aber das ist doch das Geheimnis des ganzen Lebens, dass niemand perfekt ist. Niemand. *Learning by doing*, noch nie davon gehört? Was man noch nie selbst gemacht hat, davon versteht man auch nichts. Und wer etwas tut, macht auch Fehler. Das ist in allen Bereichen so. Das weißt du nur nicht, weil du noch nie richtig gearbeitet hast. Du hast dich nie bei mir entschuldigt für einen Fehler, den du gemacht hast. Nicht, dass es mir darauf ankäme. Überhaupt nicht. Wenn du heute daherkommen würdest und dich entschuldigen würdest für alles, was du mir angetan hast, ich würde die Entschuldigung nicht annehmen. Entschuldigungen spricht man sofort aus, oder es ist zu spät dazu. Das fängt bei den kleinen Dingen an: vergessene Wurstpellen auf dem Frühstückstablett, die Flecken auf dem neuen Herd, der nicht angenähte Sakkoknopf, die stumpfe Holzkommode. Eine kleine Entschuldigung und alles ist vergessen. Das hast du nie getan. Nie. Weil du keinen Fehler zugeben kannst, nicht einmal den allerkleinsten. Ich weiß, dass das an deiner Mutter liegt, weil sie dich immer nur herumkommandiert hat und alles besser gewusst hat und du dich nur hast wehren können, indem du ihr Nörgeln nicht zur Kenntnis genommen hast. Sonst wärst du ja wahnsinnig geworden. Zugemacht hast du! Aus Selbstschutz! Aber ich bin nicht deine Mutter! Und es ist die größte Beleidigung von allen Beleidigungen, wenn ihr uns dann auch noch wie eure Mütter behandelt. Zuerst den Herd nicht ordentlich putzen, die schöne Holz-kommode ganz stumpf werden lassen, und wenn man ein Wort sagt, würde man nörgeln wie eure Mütter! Aber helfen lasst ihr euch von uns. Beraten dürfen wir euch. Aufbauen dürfen wir euch. Unter die Arme greifen dür-fen wir euch in jeder Hinsicht. Sogar jetzt sollte ich es noch: Unterhalt für das Kind! Dafür kannst du jetzt wohl endlich einmal selbst sorgen. Ich habe dich herausgezo-gen aus dem ärgsten Sumpf, indem ich dir beigebracht habe, was halbwegs eine Ordnung ist, wie man ein Kind erzieht und wie man sich in Gesellschaft benimmt. Du warst ganz schön kaputt, als ich dich kennen gelernt habe. Die Elfi und ich, wir haben uns unsere Fehler im-mer direkt ins Gesicht gesagt, offen und ehrlich, da hat es keine Probleme gegeben, bei keinem von uns. Da war eben ein Verständnis da. Da hat man sagen können, was einen stört. Und zwar ein jeder von uns. Der jeweils an-dere hat dann halt versucht zu vermeiden, was den an-deren stört. Das hat auch nicht immer geklappt, aber das Bestreben war da, das ist die Hauptsache. Denn wo die-ses Bestreben fehlt, dort ist keine Liebe, und dort kann auch keine Liebe entstehen. Wenn ich den ganzen Tag herumrenne und mir denke: Wie sage ich das jetzt der Resi, dass sie den Herd ordentlich putzen soll oder die schöne Holzkommode, die ich von meiner Mutter geerbt habe, dann ist schon alles zu spät. Ich meine, mich stört es nun einmal, wenn das Holz stumpf ist. Das ist doch keine Kritik an deinem ganzen Leben. So tust du aber. Du tust, als wollte ich dich vernichten, wenn ich eine kleine Bitte äußere. Das ist doch neurotisch. Da müsste einmal ein objektiver Zuschauer dabei sein, das heißt der müsste nicht einmal objektiv sein, weil das würde ja sogar eine von deinen hysterischen Emanzen begreifen, was da los ist. Wie ich eine freundliche Bitte äußere und wie du gleich loskreischst. Mit roten Flecken auf dem Hals und einem verkniffenen Mund. Du müsstest dich einmal im Spiegel sehen, wie du ausschaust, wenn du auf meine höfliche Bitte hin losschreist, ich solle den Herd selbst putzen, wenn mir nicht passt, wie du ihn putzt. Dein Verhalten ist unzivilisiert. Ich stelle einen Fehler fest, den du gemacht hast, nicht ich, und du schreist mich an, ich solle die Sache, die du selbst versaut hast, meinerseits in Ordnung bringen. Niemand, der das hören würde, würde diese Logik verstehen. Weil es nicht logisch ist. Denkt ein bisschen nach, bevor ihr etwas sagt, und lernt, euch klar auszudrücken. Ihr seid reaktionär. Denn reaktionär kommt von reagieren. Ihr agiert nicht, sondern reagiert immer nur auf die Aktionen anderer. Das ist euer Prinzip. Natürlich ist das bequemer als Aktionen zu setzen. Zum Beispiel zu kritisieren, was einem nicht passt. Denn dazu muss man sich ja äußern, bereit sein, sich zu erklären. Oder korrigiert zu werden. Schweigen ist immer leichter. Kein einziges Mal, seit wir zusammen sind, hast du von dir aus eine Aktion gesetzt, Marie-Thérèse! Nie hast du etwas an mir kritisiert, gesagt, was dich stört und was man besser machen könnte. Nur in dem Moment, in dem ich etwas gesagt habe, hast du auch angefangen. Zuerst schweigen und dann dem anderen, der redet, ins Wort fallen, das könnt ihr. Unglaubliche Dinge hast du mir in solchen Situationen vorgeworfen. Wenn ich das einem vernünftigen Menschen erzähle, der greift sich an den Kopf. Alles jahrelang zurückliegende Ereignisse. So dass sie nicht einmal mehr überprüfbar sind. Und abgesehen davon: Was vorbei ist, ist vorbei und kann nicht mehr geändert werden. Dass ihr das nicht begreift. Ihr redet immer nur von der Vergangenheit oder von der Zukunft. Nie von der Gegenwart! Zum Beispiel damals, vor ein paar Jahren, als ich die schwere Grippe hatte und mich über das Geklapper deiner Holzpantoffeln im Flur beklagt habe, hast du sofort angefangen, mir vorzuwerfen, dass du die Lungenentzündung im Jahr davor nur deshalb verschleppt hast, weil ich nicht bereit gewesen sei, Erziehungsurlaub zu nehmen und meinen Sohn zu versorgen. Siehst du die Vorgangsweise: Ich moniere eine Kleinigkeit, bitte um einen winzigen Gefallen, nämlich, mich, wenn ich schon krank im Bett liege und Kopfschmerzen habe, mit dem blöden Geklapper deiner Holzpantoffeln zu verschonen, eine Kleinigkeit wohlgemerkt, kein Angriff auf deine gesamte Existenz, eine Erinnerung nur, eine Aufforderung zu ein wenig Rücksichtnahme, und was wird sofort unterstellt? Dass man schuld war an deiner verschleppten Lungenentzündung Jahre zuvor. Was weiß ich denn heute noch, warum ich damals keinen Erziehungsurlaub genommen habe? Vielleicht war es von der Firma aus nicht möglich, oder du wolltest es selbst nicht, oder vielleicht hast du es damals selbst gar nicht bemerkt, dass du eine Lungenentzündung hattest. Weil wenn sich jemand so durch das Leben schleppt wie du, immer fröstelt, immer müde ist, nie eine wirkliche Lebenslust ausstrahlt, da kann ich mir dann schon vorstellen, dass einem gar nichts weiter auffällt, wenn man eine Lungenentzündung hat, und dass man sie deshalb in der Folge verschleppt. Viel schlapper, als du sowieso schon immer warst, kannst du auch mit einer Lungenentzündung unmöglich gewesen sein. Jedenfalls hat die Sache Jahre zurückgelegen, und es war nichts mehr zu beweisen oder zu widerlegen. Und genau darum geht es euch. Ihr wollt ja gar keine Überprüfung eines Sachverhalts, es geht euch nur darum, zu beweisen, dass ihr ein Recht hattet, mit Holzlatschen die Treppe hinauf- und hinunterzutrampeln, während wir im Bett liegen und Kopfweh und hohes Fieber haben. Oder ihr antwortet auf den freundlichen Hinweis, ihr möget nicht so mit den Holzpantoffeln klappern, dass ihr uns jede Stunde Tee bringt und extra eine Rindsuppe mit Gemüse für uns gekocht habt und uns mit Ringelblumensalbe eingerieben und uns die Medizin aus der Apotheke geholt habt. Alles unmaßgeblich! Ja glaubt ihr denn, das haben wir nicht selbst bemerkt? Wir sind ja nicht blöd und essen eine Suppe, ohne zu wissen, dass sie vorher gekocht worden sein muss. Und dass ihr die Medizin aus der Apotheke geholt habt, ist uns auch klar. Abgesehen davon, dass es ja wohl das Mindeste ist, was man erwarten kann, wenn man krank im Bett liegt, ist es eben nicht um die Medizin, nicht um die Suppe und nicht um die Ringelblumensalbe gegangen, sondern um die Holzpantoffeln. Was hat denn die Medizin, die Suppe und die Ringelblumensalbe mit den Holzpantoffeln zu tun? Das hat doch wohl nur dann etwas miteinander zu tun, wenn ihr unsere Bitte, auch wenn sie nicht ganz so höflich vorgetragen war, was man, meine ich, doch wird verstehen können, wenn einer mit Fieber im Bett liegt und dröhnende Kopfschmerzen hat, ich meine, man hat ja auch nur Nerven, da kann es schon einmal vorkommen, dass man etwas lauter wird und hinunterschreit vom ersten Stock, wenn ihr also, sage ich, eine kleine Bitte wieder einmal auf euer ganzes Leben bezieht. Der Zusammenhang von der Medizin, der Suppe, der Ringelblumensalbe und dem Geklapper der Holzpantoffeln besteht nur in eurer hysterischen Fantasie. Und dass ihr, wie immer, meint, nachweisen zu müssen, dass ihr im Grunde perfekt seid und wir die Pedanten. Was dann in der Folge geschieht, ist vorprogrammiert. Ihr fangt zu heulen an. Ihr rechtfertigt euch, als hätten wir gesagt: Ihr nehmt in keiner Weise Rücksicht auf unsere Krankheiten, wie das Geklapper der Holzpantoffeln im Flur beweist. Das habe ich aber nicht gesagt! Ich habe gesagt: Kannst du nicht wenigstens die Holzpantoffeln ausziehen, wenn ich da oben mit Fieber im Bett liege und mir der ganze Leib weh tut und die Beine schmerzen. Die Holzpantoffeln haben nicht das Geringste mit der Medizin zu tun oder der Suppe oder der Ringelblumensalbe. Und sie haben auch nichts damit zu tun, ob ich vor vielen Jahren, als du die Lungenentzündung hattest, Medizin aus der Apotheke geholt habe oder nicht. Das sind verschiedene Dinge. Nur wenn man die Dinge auseinander hält, kann man das eine und das andere überprüfen. Da kann man dann sagen: Es ist doch ganz einfach, Holzpantoffeln auszuziehen, wenn sie einen Kranken stören. Oder man kann sagen: Damals, als du mit neununddreißig Grad Fieber im Bett gelegen hast, da war ich in der Firma und wusste gar nicht, dass du neununddreißig Grad Fieber hattest. Ich meine, ich weiß nicht, ob es so war, aber es hätte so sein können. Auf keinen Fall kann ich das aber jetzt nach fünf oder sechs Jahren noch wissen. So etwas sagt man sofort oder gar nicht. Wenn die Mathilde damals gesagt hätte, dass sie wegen mir nach Bad Tatzmannsdorf gekommen ist, dann wäre alles anders geworden mit meinem Leben. Da hätte ich mir doch deine Rechtfertigungen und Ausreden nicht jahrelang angehört. Weggewesen wäre ich mit der Mathilde, so schnell hättest du gar nicht schauen können. Und wenn ich mit der Mathilde zusammen gewesen wäre, dann wäre ich auch nicht bei der Außenliftfirma geblieben. Das steht fest. Ich hätte sofort gekündigt. Vielleicht hätten wir eine Weltumsegelung gemacht, oder wir wären mit der Maschine durch Amerika gefahren oder nach Neuseeland ausgewandert. Geld war ja da, bevor ich angefangen habe, das Haus für euch zu bauen. Und später wäre mit meinen Erfindungen schon genug hereingekommen. Oder ich hätte mit der Mathilde am Nordpol überwintert. Das ist auch so ein Jugendtraum von mir. Aber du bist ja nicht einmal auf dem Attersee mit mir gesegelt nach dem ersten Mal, als wir in einen Sturm geraten sind. Schlecht wird dir beim Segeln, hast du gesagt, und den Wind verträgst du auch nicht wegen der Stirnhöhle, und das Meer ist dir ja sowieso unheimlich. Da wäre die Mathilde aber anders gewesen. Das Mädchen hat Mut gehabt. Das habe ich schon in der Gondel bemerkt, als wir nach dem Grog vom Mittagskogel wieder hinuntergefahren sind. Da steht sie auf einmal auf und geht zur anderen Gondelseite, um beim anderen Fenster hinauszuschauen. Die ganze Gondel hat geschwankt, das war ihr aber vollkommen egal. Sie hat nur gelacht. Vielleicht kommt es ja darauf an bei einer Frau: ob du mit ihr am Nordpol überwintern kannst oder einfach nach Neuseeland auswandern oder rund um die Welt segeln. Vielleicht sind das ja die Dinge, die wirklich zählen im Leben. Jedenfalls, so viel steht fest: Wenn die Mathilde mich genommen hätte statt den Heli, dann säße sie heute nicht mit zwei Kindern in einer billigen Neubauwohnung.

13

Weißt du was, ich lege mich einfach nicht mehr ins Bett in der Nacht. Ich kann nicht hinaufgehen in den ersten Stock, mich in das Doppelbett legen, das ich für uns gekauft habe, und auf den Schrank gegenüber schauen, in dem immer noch Kleider von dir hängen. Ich bleibe hier im Wohnzimmer und lege mich auf die Couch. Das ist mir lieber. Ich ziehe mich auch gar nicht erst aus, weil ich sowieso nicht schlafen kann. Ich döse nur so. Meistens lasse ich den Fernseher dabei laufen, damit es nicht so still ist im Haus. In so einem großen Haus kann es ja unheimlich still sein. Nur die Holzbretter vom Dachboden knarren manchmal. Das Holz arbeitet. Dann stelle ich mir vor, du bist da oben und gehst hin und her und überlegst, wie du ein neues Kleid nähst. Draußen habe ich jetzt ein Vogelhaus aufgestellt. Da sitze ich tagsüber vor der Terrassentür und schaue den Vögeln zu, wie sie die Körner picken, die ich ihnen streue. Die Vögel haben es gut. Wenn ihnen kalt ist, dann plustern sie sich auf. Klar, dass ich an meiner Erfindung arbeite. Unten im Keller steht sie. Im Moment komme ich nicht richtig voran. Aber ich denke darüber nach. Ich brauche dir ja nicht zu erzählen, um was es geht, weil das verstehst du sowieso nicht. Außerdem – so richtig gefallen hat dir nie, was ich erfinde. Ich habe immer den Eindruck gehabt, es ist dir unheimlich. Und wozu soll das gut sein, hast du oft gesagt, oder: Ja, aber das kann man doch gar nicht richtig gebrauchen. Gebrauchen, gebrauchen! Als ob nur das gut wäre, das zu etwas zu gebrauchen ist. Vielleicht ist es ja heute gerade umgekehrt. Vielleicht ist das Wichtigste heute das Unbrauchbare. Der Traum, die Fantasie, die Vision! Aber das hat euch ja immer schon gefehlt: Visionen. Ziele. Merkwürdig eigentlich. Da sollte man doch meinen, dass die Frauen mehr Fantasie haben müssten als wir. Ich meine: immer daheim, keine Verpflichtungen an der Arbeit, der Kontakt mit den Kindern. Trotzdem: Die wirklich großen Träumer sind wir. Ihr habt so eine Art ins Schneegestöber zu stieren oder aus heiterem Himmel mitsamt den Kindern die Familie zu verlassen – aber Träume? Flausen vielleicht. Aber so viele Flausen könnt ihr gar nicht im Kopf haben, dass ihr nicht trotzdem einen Pragmatismus hättet, der unsereinem völlig abgeht. Ihr träumt von der großen Liebe, aber wenn die große Liebe weniger Geld verdient als der Ehemann, dann bleibt ihr bei dem Ehemann. Ihr redet von einer glücklichen Ehe, aber herstellen sollen wir das Glück. Ihr steht daneben und fordert und fordert. Ich erinnere mich noch genau, als wir miteinander den Start einer Raumfähre im Fernsehen angeschaut haben. Was war das für eine? Sallust? Blödsinn. Na, ist ja auch egal. Aufgestanden sind wir mitten in der Nacht, zum dritten oder vierten Mal, weil der Start sooft verschoben worden ist. Und dann war es soweit. Mein Gott, das war ein Augenblick! Man hat im Fernsehen gesehen, wie der Start vorbereitet wird, wie der Countdown läuft. Und die Männer in der Bodenstation, wie sie gebannt auf ihre Bildschirme starren, du hast direkt die Anspannung in der Bodenstation gespürt, du hast die Schweißflecken auf ihren weißen

Hemden gesehen, die verrutschten Krawatten, die Angst in den Gesichtern. Und dann der Start. Der Rückstoß. Die Feuerwolke, der Qualm. Diese enorme Kraft, mit der die Rakete losjagt, ins Weltall hinein. Und die Männer in der Bodenstation nach dem Start, wie sie auf einmal aufspringen, wie sie sich an den Händen fassen, wie sie herumtanzen, wie sie lachen und jauchzen, weil es geglückt ist. Ich habe meine Bierflasche vom Tisch geschnappt und bin auch aufgesprungen. Ich habe das denen so nachfühlen können. Wenn man jahrelang etwas plant, wenn man konstruiert, rechnet, wieder verwirft, wieder rechnet, wieder konstruiert, Fehler entdeckt, ausbessert, wieder Fehler macht, wieder ausbessert, immer wieder ran, es geht ja um alles bei so einer Rakete. Es geht um äußerste Perfektion. Da darfst du dir nicht den kleinsten Fehler erlauben. Niemand darf das, und an solchen Projekten hängen ja Firmen mit Hunderten Angestellten, und jeder Einzelne trägt die Verantwortung für das Ganze, jeder Konstrukteur, jeder Ingenieur, jeder Zeichner, jeder Elektriker, jeder Einzelne muss das Höchste leisten, über Jahre hinweg. Das heißt absolute Konzentration, das heißt schlaflose Nächte, Überstunden, Wochenenden, das heißt Hintanstellen aller persönlichen Probleme, das heißt zurücktreten als Individuum, sich einreihen und unterordnen. Da kann niemand aufstehen und zehnmal am Tag seine Frau anrufen, ob es ihr auch gut geht und ob er etwas zum Abendessen einkaufen soll. Niemand kann sich da einfach Erziehungsurlaub nehmen, wie ihr euch das vorstellt. Entweder – oder. Das eine oder das andere. Es lässt sich nicht alles vereinen im Leben, das steht fest. Die Männer, die da vor ihren Bildschirmen tanzen vor Freude, diese Männer, die jahrelang alles gegeben haben, um den Start ins All, das wir noch so wenig kennen, möglich zu machen, sind Visionäre, die ihr Leben einem übergeordneten Ziel gewidmet haben. Und sie sind außerdem ganz normale Menschen, die sich freuen, dass alles gut gegangen ist, dass ihre Arbeit nicht umsonst war, dass niemand zu Schaden gekommen ist. Ich habe das so gut verstehen können. Und auf einmal schaue ich dich an, und du sitzt so komisch auf der Couch, vorgebeugt und steif, und starrst stirnrunzelnd in den Fernseher, als sähest du dort keine Männer, die Großartiges geleistet haben und sich nun berechtigterweise freuen, sondern als sähest du einen Haufen ungezogener Kinder, die herumalbern, statt ihre Hausaufgaben zu machen. Es war unglaublich, denn es war nicht nur blankes Unverständnis in deinem Gesicht zu sehen, sondern auch Hochmut. Und das ist der Punkt: Der steht euch nicht zu. Der steht euch einfach nicht zu. Ihr könnt nicht zu Hause bleiben und euch von euren Männern erhalten oder eine Schneiderwerkstatt einrichten lassen und zwischen der Arbeit mit euren Freundinnen telefonieren oder einkaufen gehen oder euch einfach hinlegen zu Mittag, wenn ihr müde seid, und dann hochmütig auf die herabblicken, die euch das ermöglichen. Ich habe das damals gar nicht in vollem Umfang begriffen, das Ausmaß deines Hochmuts, die Wurzeln und die Auswirkungen auf uns, auf die Familie, auf das Leben. Heute denke ich, das war der Anfang vom Ende. Denn so hatte ich dich vorher noch nie gesehen. Entweder du warst früher anders, oder du hast dich immer gut verstellen können. Nie wäre ich vorher auf die Idee gekommen, du würdest auf uns herabschauen, die wir unsere Arbeit tun und uns freuen, wenn etwas gelingt. Nie hätte ich gedacht, dass du dich und deine Existenz so überschätzt. Denn das steckt doch dahinter, wenn du ehrlich bist: Selbstgefälligkeit! Wir bekommen eure Kinder und sorgen für sie, während ihr Männer wegläuft, euch ablenkt und uns damit noch alle zu Grunde richtet. Das und nichts anderes steckt dahinter. Nur dass ich das damals nicht in dem Ausmaß begriffen habe. Und gesagt hast du ja nie etwas. Du warst ja nie festzumachen. Weil wenn du das einmal ausgesprochen hättest, dann hätte ich es ja widerlegen können, und du weißt, dass ich dich widerlegt hätte. Aber das wollt ihr euch ersparen. Deswegen sagt ihr ja alle nichts. Weil ihr euch die Wahrheit ersparen wollt. Ihr wollt insgeheim auf uns hinunterschauen. Insgeheim wollt ihr die Sieger sein, Recht haben, die besseren Menschen sein, die Verantwortlicheren. Und wir wären die Ausweicher, weil wir euch nicht fünfmal am Tag anrufen, wir wären die Faulpelze, weil wir euch nicht am Abend nach der Arbeit den Herd putzen, weil wir die Kinder nicht wickeln, die Schnuller nicht besorgen, das Essen nicht kochen und unsere Hemden nicht selbst bügeln. Aber wer würde dann das Geld heranschaffen? Banal, du hältst das Argument für banal, ja? Ein Kind kann man nicht nach der Uhrzeit wickeln, sondern man muss es dann wickeln, wenn es sich voll gemacht hat. Den Schnuller steckt man ihm nicht um fünf Uhr früh und dann um zwölf und dann um drei Uhr nachmittags in den Mund, sondern dann, wenn es den Schnuller verloren hat. Wie stellt ihr euch denn eine Arbeitssituation vor, die das zulässt? Stellt ihr euch gar nicht vor? Ihr seid für das Abwechseln? Ach so. Einmal du Karenz, einmal ich, einmal du Erziehungsurlaub, dann ich. Da musst du dir einen Kanalarbeiter suchen, da lässt sich das vielleicht machen. Aber in der Industrie, in der Wirtschaft, in der Computertechnik, da bist ja heute schon draußen, wenn du einmal eine Woche lang aussetzt. Da verstehst du doch nichts mehr. Davon wollt ihr nichts wissen. Deshalb schweigt ihr. Mein Gott, es ist doch einfach lächerlich, wenn man eure und unsere Leistungen vergleicht. Und wir sollten uns dann noch rechtfertigen. Das nenne ich euren Pragmatismus. Und ihr könnt ihn euch leisten, weil ihr habt uns in der Hand. Ihr habt unsere Kinder. Die Kinder sind euer Unterpfand. Ihr erpresst uns mit unseren Kindern. Das hättet ihr noch vor fünfzig Jahren nicht tun können. Das hätte ich sehen mögen, ob du mich vor fünfzig Jahren auch verlassen hättest mit meinem Sohn. Ohne Arbeit, ohne gesellschaftliche Anerkennung, ohne Freundeskreis, weil sich nämlich damals die Freunde abgewandt hätten von einer, die aus heiterem Himmel ihre Kinder schnappt und geht. Und vergesst nicht: Sogar dass ihr uns heute verlassen könnt, verdankt ihr uns. Wir selbst haben die Grundlagen geschaffen, dass es euch möglich ist: vom Wahlrecht für Frauen bis hin zur Quotenregelung. Ja glaubst du, das alles wäre durchzusetzen gewesen ohne uns? Und das nützt ihr aus. Wobei wir wieder bei eurem Pragmatismus wären. Kennst du eigentlich den Unterschied zwischen Zerstörung und Vernichtung? Der Mann zerstört, weißt du, die Frau aber vernichtet. Was zerstört ist, kann wieder aufgebaut werden: Häuser, Kunstwerke, ganze Kulturen. Was aber vernichtet ist, das ist verloren.

14

Das fahle Licht, obwohl die Sonne scheint und drei Strahlen wie Finger durch die Wolken leuchten, vom Himmel bis zur Erde, wo sie in Wiesen, Wäldern und Seen versinken. Perfekte Konstruktionen auf wackeligen Beinen, in diffuses Licht getaucht, man sieht die Alpen, den Föhnschleier, nachher kommen sicher wieder schwarze Schneewolken. Der Geruch von Schnee liegt in der Luft, mischt sich mit dem des falschen Jasmins, der den Föhneinbruch für einen neuen Frühling gehalten hat. Sogar die Schneeglöckchen kommen schon heraus. Schade! Denn später dann, wenn es soweit ist und wirklich Frühling wird, sind die Schneeglöckchen längst erfroren, und die Menschen haben die nasse Erde satt und den Matsch und glauben nicht mehr an den Frühling. Der Föhn täuscht die Blumen, die Büsche und die Bäume, die Weidenkätzchen haben ausgeschlagen, obwohl erst Ende Februar ist. Im kahlen Baum im Garten tummeln sich Kohlmeisen. Sie haben graue Rücken und gelbe Bäuche. So sind sie getarnt im Baum mit der grauen Rinde und den gelben Flechten. Die Tage sind jetzt sehr kurz. Wenn ich gegen Mittag aufwache, ist noch vier, höchstens fünf Stunden Licht. Dann wird es wieder dunkel. Aber ich mag die Dunkelheit, neuerdings. Seit ich nicht mehr die Verantwortung trage und niemand mich auffordert, die Füchse zu vertreiben. Sollen sie doch um das Haus schleichen auf weichen Pfoten, sollen sie doch kommen durch irgendeine Lücke in der Mauer oder eine offene Hintertür oder ein angelehntes Fenster. Ich fürchte mich nicht. Ich habe mich nie gefürchtet, habe immer nur die Furcht der anderen vertrieben mit Besenstielen und Drohungen. Nicht einmal damals habe ich mich gefürchtet, als wir im Segelboot waren und der Wind plötzlich gedreht hat und stärker geworden ist, und wir waren mitten auf dem See, und mein Sohn war erst ein paar Monate alt, und dir war schlecht, und du hast solche Angst gehabt. Ich habe gewusst, dass es niemandem hilft, Angst zu haben vor dem Wind oder den Füchsen, der Wind dreht, wie er will, schwillt an und ebbt ab, die Füchse haben so leise Sohlen, man hört sie nicht kommen, da kann man noch so lange hinaushorchen in die windige Nacht. Da rauschen die Wipfel der Bäume, da jault ein allein gelassener Hund, da schreit ein Baby oder eine Frau oder eine Katze, da schleicht ein Fuchs. Da dreht der Wind, fährt in einen Busch, schüttelt die Zweige einer Fichte, zerzaust den Weizen, kämmt die Wiese, tollt auf einem Hügel herum, während der Fuchs seinen Weg geht, unter dem Busch, unter der Fichte, durch das Weizenfeld, über die Wiese, hinauf den Hügel und hinunter, glühende Kohlenstücke die Augen. Nur bei Vollmond siehst du ihn ganz, den schmalen spitzen Kopf, den lang gestreckten, niedrigen Leib, den buschigen Schwanz, eine waagerechte Verlängerung des Leibes. Siehst du, wie er geht? Fast sieht es aus, als flöge er dahin unter Büschen und Bäumen, durch Weizenfelder, Wiesen, Hügel hinauf und hinunter, der Schwanz als Steuer im Wind, die Schnauze als Bug, so fliegt er durch das Weizenfeld, das wogende, unter dem Busch durch, den sich kräuselnden, unter dem Baum, den schaukelnden, über die Wiese, die flirrende, hinauf den Hügel, hinunter, hinauf den Hügel, hinunter. Der Fuchs allein weiß seinen Weg durch den Sturm, glättet allein seine Wogen, funkelt in die Nacht. Mondstille herrscht. Leises Kratzen an meiner Tür. Stimmen im Kopf, die säuseln. Ich mag die Dunkelheit, jetzt, wo ich keine Verantwortung mehr trage. Keine Nacht gleicht der anderen. Jede hat ihre eigene Stimme. Es gibt keinen Grund, sie zu fürchten. Die Nacht ist meine Vertraute. Nachts bin ich wie alle. Keiner, oder fast keiner, der sich um diese Zeit mit seiner Frau unterhält. Die Kinder sind längst im Bett, die Fernseher sind abgedreht. Nur in vereinzelten Häusern brennt noch Licht im ersten Stock, geht ein Mann ruhelos auf und ab, oder verbirgt eine Frau ihren Kopf in den Händen. Nachts ist jeder wie ich. Allein, ohne Trost. Nachts horcht jeder wie ich auf die Geräusche im Garten, registriert die Schatten an der Zimmerdecke, blickt auf beim heiseren Bellen. Niemand, der dem eigenen Leben entkommt. Alle verdammt zu ihrem vorherbestimmten Weg unter Büschen und Bäumen, durch Weizenfelder und Wiesen, Hügel hinauf und hinunter. Ich habe die Nerven bewahrt, damals, als der Sturm aufkam und wir mitten auf dem See waren, das Ruder fest in der Hand, der Gegner eindeutig, auch wenn er sich dreht, das Boot eine Verlängerung meines Willens, alles berechenbar, die Windrichtung, die Krängung. Du kannst auf dem Wasser die Spur des Windes lesen. Du siehst in den Gesichtern der Menschen die Vertäuung der Angst. Ganz unnötig. Nachts weiß ich, dass ich keine Angst habe. Ich sehe, wie das Segel sich bläht, wie ich Fahrt gewinne, wie ich fliege unter den Büschen und Bäumen, durch die Weizenfelder und Wiesen, den Hügel hinauf und hinunter. Ich mag die Dunkelheit jetzt. So viel Angst habe ich schon bei den Schwestern nicht verstanden. Woher kommt diese Fülle von Angst, und warum ist sie da? Denn entweder wir gewinnen den Kampf gegen den Wind, der sich dreht, und gegen das Segel, das sich zu stark bläht, so dass das Boot zu schräg im Wind liegt, dann war die Angst unnötig, oder wir gewinnen ihn nicht, wozu dann noch Angst? War es dein Leben, um das du so gezittert hast, oder das Leben deines Kindes? Hattest du Angst vor dem Ertrinken, vor dem Wasser, das die Lungen aufbläht, bis sie platzen? Warum bist du Nacht für Nacht beim geringsten Geräusch zusammengezuckt? Warum hast du den Atem angehalten, wenn sich draußen im Garten etwas bewegte? So, als ob du ständig auf etwas gewartet hättest, das käme und dich vernichtete. Aber es kommt sowieso, ganz unabhängig davon, ob wir uns fürchten oder nicht. Das habe ich schon damals meinen Schwestern erklärt. Nie habe ich die Furcht der Schwestern verstanden, die aus den Fenstern in die Nacht gestarrt haben wie in ein Fegefeuer. Ich habe ihnen von den kleinen Füchsen erzählt, damit sie die Angst verlieren, kleine wollene Knäuel, rot und buschig, die sich um ihre Mutter drängen und herumtollen unter den Büschen und Bäumen, durch die Weizenfelder, über die mondbeschienenen Wiesen, die Hügel hinauf und hinunter. Aber die Schwestern haben die kleinen Füchse sterben gesehen. Mit aufgeschlitzter Kehle, haben sie gesagt, liegen die Füchslein im Stall, nur ihre Eltern, die Totengeister, laufen so schnell durch die Weizenfelder, dass man meinen könnte, sie flögen. Ich weiß nicht, was meine Schwestern vom Leben erträumten. Ruhe, Zufriedenheit, Glück? Ich weiß nicht, warum sie so sehr um ihr Leben fürchteten. Ich weiß nicht, warum die Mutter so weinte, Nacht für Nacht. Es kann doch nicht jeder seinem Schicksal entkommen. Damals, als wir durch den Sturm gesegelt sind, und mein Sohn war gerade erst ein paar Monate alt, da war ein Einverständnis in mir, sowohl mit dem Leben als auch mit dem Tod. Da war eine Ruhe, eine Bescheidenheit, wie sie mit der Gefahr wächst. Da war eine Gewissheit, wie sie sonst nicht ist. Da war ein Leben, das sich spürt. Wind im Gesicht und Wasser, das Kind in eine Decke gehüllt, die Mutter mit schreckensweiten Augen. Warum, warum hast du mich verlassen? Der Vater ist gestorben, wie man so stirbt, wenn es denn sein soll. Leicht ist das Sterben nie. Und auch der Tod wird niemandem geschenkt. Es gibt schlimmeres Leiden als seines es war. Es hat den Jammer der Mutter nicht erklärt. Die Schwestern haben geflüstert, nachts im Bett, als draußen der Sturm aufkam, die Mutter hätte sich eingelassen mit den Füchsen. Sie habe ihnen heimlich die Hintertüre geöffnet, so dass sie schon seit langer Zeit freien Zugang zu unserem Haus gehabt hätten und so eines Tages unseren Vater hätten holen können. Sie haben gesagt, die Mutter hätte die Füchse mit Milch gefüttert und ihnen kleine Stückchen rohen Fleisches vor die Tür gelegt. Damit die Blumen in ihrem Garten besonders schön gedeihen, habe die Mutter es getan. Damit der falsche Jasmin schon mitten im Winter duftet, damit der Guglhupf immer gelingt, damit sie sich in eine Fee verwandeln konnte, die nachts aus dem Haus schwebt. Manchmal haben die Schwestern unter ihren schweren Bettdecken geschlottert vor Angst. Dann bin ich wieder losgegangen, den Besen in der Hand. Seit ich diese Verantwortung nicht mehr trage, mag ich die Dunkelheit. Schwarz war das Wasser, das weiß ich noch, und auf einmal schienen Wellen von allen Seiten her gegen das Boot zu klatschen. Der Bootsboden war nass. Ich habe begonnen, Wasser zu schöpfen. Es war ein gutes Gefühl, etwas tun zu können. Ich erinnere mich noch, dass der Wind manchmal so ins Segel fuhr, dass ich meinte, Töne zu hören, Melodiefetzen. Es wurde langsam dunkel. Die Berge rundherum waren steile schwarze Mauern. Ich dachte noch, wir sind Gefangene des Sees. Aber es machte mir nichts aus. Es ist wahr, dass ich nicht an meinen Sohn dachte. Ich habe versucht, ihn zu retten. Ich mag Boote. Ich mag den Wind. Ich habe mit der hohlen Hand das Wasser geschöpft, und es war gut so. Ich habe mein Boot durch diesen Sturm gebracht. Ich habe das Ufer erreicht. Ich habe Boden unter den Füßen gespürt, der hat geschwankt.

15

Du bist ja krank. Ich meine, ich habe es dir nie so richtig ins Gesicht sagen wollen, aber klar ist mir das eigentlich schon lange. Im Grunde genommen ist es mir vom ersten Tag unserer Beziehung an klar gewesen. Als ich dich gefragt habe, ob du einen Freund hast, und du ja gesagt hast, obwohl es gar nicht gestimmt hat. Das war schon der Anfang deiner zwanghaften Lügnerei und Feigheit. Und dann unser erster gemeinsamer Urlaub in Lignano. Ich weiß noch genau, wie wir vor dem Meer standen, und ich sage zu dir: Komm, Resi, wir gehen hinein, und du sagst: Nein, ich trau mich nicht, ich habe Angst vor dem Meer. Angst vor dem Meer?, frage ich, weil das ist doch absurd, das habe ich noch nie gehört, dass jemand am Strand von Lignano steht und Angst hat, in das Meer hineinzugehen. Ich meine, wenn du jetzt auf hoher See mit deinem Schiff fährst, und ein Sturm kommt auf, und du weißt nicht, ob das Schiff durchkommen wird oder nicht, dann kann ich das verstehen: Angst vor dem Meer. Aber in Lignano? Ich gebe dir schließlich die Hand, und wir gehen ganz langsam, Schritt für Schritt, in das Wasser. Am Ende geht es dir fast bis zur Brust. Wovor hast du Angst?, frage ich dich. Vor den Krabben, sagst du, vor den Würmern, den Algen und all den Lebewesen, die so klein sind, dass man sie nicht sieht. Da müsstest du in deiner eigenen Wohnung beim Staubwischen Angst haben, sage ich, weil da sind überall

Milben, die du nicht siehst. Du sagst, du hättest einmal einen Film gesehen, der sei aus der Perspektive eines Haifisches gefilmt worden. Der unruhige Blick des Hais sei durch das Wasser gewandert bis zur Oberfläche hin, die wie eine dünne Haut ausgesehen habe, durchlässig für das fahle Licht aus einer anderen Welt, und dort oben, dicht unter der Haut, hätten Menschenbeine beim Schwimmen gezappelt, ungeschickt wie kein Fisch sei, langsamer als eine Meeresschnecke, hässlicher als eine Krake. Der Haifisch habe ein Tier ohne Kopf gesehen, und da sei er hinaufgeschwommen in dieses fahle Licht und habe dem hässlichen Tier ein Bein abgebissen. Kein Mensch, habe ich gesagt, ist je in Lignano von einem Haifisch gefressen worden. Aber du bist trotzdem nicht weiter in das Wasser hineingegangen. So eine Angst ist doch nicht normal. Ein fremdes Element! Rede nicht so geschwollen daher. Du hast ja sogar Angst gehabt, ins beste Lokal von Lignano essen zu gehen. Weißt du noch, am Hafen unten? Hast du vielleicht geglaubt, ich kann die Rechnung dort nicht bezahlen? Oder hast du insgeheim gedacht, der Wirt lässt uns nicht hinein, weil ich Jeans angehabt habe? Und wenn, dann ist mir das ganz egal. Wenn dieser Wirt so blöd ist und mich in Lignano, wo die meisten Leute in Shorts essen gehen, nicht in sein Lokal hineinläßt, dann soll er es bleiben lassen. Dann trage ich mein Geld eben woanders hin. Wieso interessiert dich das, ob so ein blöder Wirt uns in sein blödes Wirtshaus hineinläßt oder nicht? Letztlich sagst du ja damit, dass es dich mehr interessiert, was der Wirt denkt, als es dich interessiert, was ich denke. Und hast du mir nicht öfter erzählt, dass es gerade das war, was dich am meisten an deiner Mutter gestört hat: dass für sie immer wichtiger war, was die anderen denken, als das, was du denkst? Glotz nicht so romantisch! Weißt du noch, wie du ausgeflippt bist, weil ich das gesagt habe: Glotz nicht so romantisch. Na gut, es war die Elfi dabei, das hat dich vermutlich besonders geärgert. Ihr Frauen seid ja alle gleich. Man kann euch weiß Gott etwas sagen, aufpassen muss man nur, wenn eine andere Frau in der Nähe ist. Glotz nicht so romantisch. Ist das ein Grund, dermaßen auszuflippen? Natürlich nicht gleich. Solange die Elfi dabei war, hast du geschwiegen. Aber nachher dann, zu Hause, hast du herumgeheult. Ich hätte kein Recht, dich so zu behandeln. Nein? Habe ich nicht? Ich tue es aber trotzdem! Du hast dir doch immer alles gefallen lassen. Und ich weiß auch, warum. Weil du damals noch keinen Liebhaber gehabt hast, der dir gesagt hat, was du tun sollst. Du hast immer jemanden haben wollen, der dir einerseits sagt, wo es lang geht und dich andererseits nie kritisiert. Der dir zu Füßen liegt. Immer nur Bewunderung für euch, immer nur alles für euch tun, immer zur Verfügung stehen – das würde euch passen, gell? Glotz nicht so romantisch – da flippen sie aus! Aber runterhauen kannst du ihnen eine und sie bleiben. Das ist doch die reine Hysterie. Du solltest dich einmal im Spiegel sehen, wenn du so ausflippst. Du solltest einmal selbst sehen, wie du dann ausschaust. Den schmalen, verkniffenen Mund, die aufgerissenen Augen, die roten Flecken auf der Wange und auf dem Hals. So soll dich einmal dein Bewunderer sehen. Die Resi ist so zart und hübsch, heißt es ja überall. Die sollten einmal sehen, was zu Hause los ist. Eine keifende Hysterikerin bist du, aber das zeigst du natürlich niemandem. Immer das liebe Gesicht nach außen! Jeder, der dich einmal ausflippen sähe, wüsste doch sofort, was mit dir los ist. Einem jeden täte ich auf der Stelle Leid. Mein Gott, würden die Leute denken, wenn sie dich nur einmal ausflippen sehen würden, der arme Mann. Mit so einer Hysterikerin. Die ist ja krank, würden die Leute sagen. Die gehört doch längst eingewiesen. Ich hoffe, das ist dir klar, dass ich dich längst hätte einliefern lassen können, bei deiner Hysterie. Du glaubst ja wohl nicht, dass ein halbwegs kompetenter Psychologe nicht auf den ersten Blick sähe, was mit dir los ist. Da könntest du dich noch so verstellen. Vorausgesetzt natürlich, ich wäre bei den Sitzungen dabei. Ich müsste ja nur hergehen und dich ein einziges Mal vor einem Psychologen kritisieren. Da kannst du schweigen wie du willst, der sieht die verräterischen Zeichen. Die hysterischen Flecken, die erweiterten Pupillen, die verkrampften Hände, den steifen Nacken. Dass du nicht normal bist, das sieht nämlich ein jeder, der nur einmal zuschaut, wenn ich dir irgendeine Kleinigkeit sage, die mir nicht gefällt. Weil, das habe ich dir immer schon gesagt, alles, was ich moniere, sind Kleinigkeiten. Alles Kleinigkeiten und alles passiert einem jeden immer mal wieder. Wir sind eben nicht perfekt, wir sind alle nur Menschen. Jeder vergisst einmal etwas. Jeder macht einmal einen Fehler, vertut sich im Ton. Ganz normal bis hierhin. Krank ist nur dieses Zumachen, dieses Nicht-wahrnehmen-Wollen von Kritik, dieser Wahn, du seist perfekt, dieser Hochmut, gepaart mit der Unfähigkeit zuzuhören, auf den anderen einzugehen, sich vorzustellen, was andere empfinden. Deine Welt ist eine Innenwelt, besteht nur aus dir und aus sonst nichts und niemandem. Alles Kleinigkeiten: ein Papier, das seit Wochen auf dem Boden liegt, ein nicht geputzter Herd, fehlende Servietten beim Mittagessen, stumpfe Holzmöbel. Kleinigkeiten. Unwesentlichkeiten. Und du wirst hysterisch. Heb das Papier selbst auf, kreischst du mit zusammengekniffenen Lippen, putz den Herd doch, wenn er dir nicht passt, schreist du mit hektischen Flecken auf Wangen und Hals, hol halt die Servietten, sagst du und starrst mich mit weit aufgerissenen Augen an, polier deine Holzkommode doch selbst, wenn du es so gut kannst. Das sind Krankheitssymptome. Denke an deine Mutter. Die ist doch auch nicht normal! Siehst du, das ist wieder so eine Tatsache, die du nicht anerkennen wolltest. Du selbst hast dich immer über deine Mutter beschwert, aber wenn ich einmal ein Wort gesagt habe, dann warst du gleich wieder hysterisch. Dabei hast du mir erzählt, wie sie dich einmal nicht wieder erkannt hat. Ja merkst du denn nicht, dass das die gleichen Muster sind? Haargenau die gleiche Krankheit? Das liegt in der Familie bei dir. Da macht eine Mutter Urlaub im Mühlviertel, wird von ihrer Tochter überraschend besucht, und erkennt ihr eigenes Kind nicht! Du selbst hast die Analyse dieses Vorfalls geliefert. Du hast gesagt, dass dich deine Mutter dein Leben lang nicht gesehen hat, wie du wirklich warst, sondern immer nur die Vorstellung, die sie von dir gehabt hat. Wie ihre Tochter sein sollte. Die Tochter selbst nie. Das hast du selbst gesagt. Du hast selbst gesagt, dass dich deine Mutter deshalb nicht wieder erkannt hat, weil sie dich außerhalb ihrer Vorstellungswelt gar nicht gesehen hat. In dem Moment, als du nun unvermutet auftauchtest, konnte sie

174

ihre Vorstellungen nicht auf dich projizieren. Sie sieht einen Menschen vor sich stehen, den sie nicht kennt. Kommt dir das nicht bekannt vor? Aber die Parallelen zwischen dem Verhalten deiner Mutter dir gegenüber und deinem Verhalten mir gegenüber gehen noch weiter. Du hast deiner Mutter schließlich gesagt, wer du bist, und deine Mutter ist blass geworden und wäre fast in Ohnmacht gefallen. Das hast du mir erzählt. Du hast gesagt, dass du sie am Arm nehmen und ins Hotel führen musstest. Und dass sie immer wieder gesagt hat: Resi, ich glaube, ich bin wahnsinnig. Und dass du sie trösten musstest. Nein, Mama, hast du gesagt, du bist nicht wahnsinnig. Du hast nicht damit gerechnet, hast du gesagt, dass ich dich besuche. Das kann doch jedem einmal passieren, hast du gesagt, dass er jemanden nicht wieder erkennt. Du hast doch selbst die Absurdität der Situation erkannt: Jemand löscht dich aus, und du musst ihn noch trösten. Und was war schließlich das Ergebnis? Auch darüber hast du mir berichtet. Schon eine Woche später, das war das Ergebnis, hat sie alles abgestritten. Ich erkenne doch meine eigene Tochter wieder, hat sie gesagt, ich war nur einen Augenblick lang irritiert, weil du so plötzlich dagestanden bist. Damals, als du mir das erzählt hast, warst du fassungslos. Sie hat es vergessen, hast du zu mir gesagt, einfach vergessen. Und jetzt geht die Geschichte aber noch weiter, jetzt kommt es: Ich habe dich natürlich auch trösten müssen. Obwohl ich die Parallelen gesehen habe. Mir war doch sofort klar, was da läuft, bei deiner Mutter wie bei dir. Du siehst mich nämlich auch nicht, so wie dich deine Mutter nie gesehen hat. Das sind Eindrücke, Kindheitserfahrungen, die wird man nicht los in seinem Leben. Es gibt Krankheiten, die sind erblich. Hast du nicht einen Onkel, der immer wieder in die Nervenklinik muss? Aber davon wolltest du natürlich nie etwas hören. Die Tatsachen hätten dich wieder einmal überfordert. Resi, habe ich zu dir gesagt, weil ich dich beruhigen musste, nachdem deine eigene Mutter dich minutenlang nicht erkannt hat, es gibt Fälle, die sind schlimmer. Es gibt Menschen, habe ich gesagt, die verwechseln ihren Partner mit einem Hutständer. Da hast du gelächelt. Gelächelt und vergessen, wie deine Mutter. Statt dass du nun ein besonderes Augenmerk auf dein eigenes Verhalten gelegt hättest, statt dass du einmal innegehalten hättest, wenn ich eine Kleinigkeit im Haushalt moniert habe, und dir gesagt hättest: Moment mal, was läuft da jetzt eigentlich bei mir ab? Warum reagiere ich jetzt eigentlich so hysterisch, nur weil ich dabei erwischt worden bin, dass ich den Herd nicht geputzt habe? Du hättest dich ja einmal fragen können, ob deine Reaktion vielleicht auch krankhaft war. Aber nein, verdrängt hast du alles, wie deine Mutter alles verdrängt hat, und diese blöden Emanzen haben dich auch noch dabei unterstützt: Er soll halt den Herd selber putzen, wenn es ihm nicht passt! Das ist ein sehr einfacher Ausweg aus deinem Dilemma. Die einfachste Lösung. Die eigene Krankheit ignorieren und dem anderen zwanghaftes Verhalten unterstellen. Den anderen zum Ignoranten stempeln, wo man selbst seine Fehler ignoriert. Aber wahrscheinlich gehört das zum Krankheitsbild. Wahrscheinlich besteht ja die Krankheit gerade darin, dass der Kranke sie leugnet. Erkenntnis wäre ja der erste Schritt zur Heilung. Hast du mir nicht auch erzählt, dass dein Onkel sich für ein Genie hält, obwohl er nichts als ein gescheiterter Buchhalter ist? Sitzen denn die Irren nicht immer in den Irrenhäusern herum, innerlich und äußerlich verwahrlost, und halten sich für die Spitzen der Gesellschaft? Ich denke heute, ich hätte dich einliefern lassen sollen. Jetzt ist es zu spät. Einem geschiedenen Ehemann wird nicht geglaubt. Jeder würde sofort annehmen, dass ich dich aus Rache ins Irrenhaus bringen will. Ja, meine Liebe, auch diese Chance hast du letztlich verspielt. Jetzt bist du allein. Niemand wird dir jetzt mehr helfen. Denn der Mann, den du dir da geangelt hast, der wird bald darauf kommen, was er sich eingehandelt hat. So schnell kannst du gar nicht schauen, wie der die Finger von dir lassen wird. So wie ja jeder andere nach kürzester Zeit die Finger von dir gelassen hat. Du hattest doch nie in deinem Leben vor mir eine längere, stabile Beziehung. Auch nicht zu Frauen. Die Emanzen zählen nicht, weil denen ist ja der Blick verschlossen. Ich meine jetzt, ein vernünftiger Mensch, der spürt doch, was mit dir los ist.

16

Du hast mich reingelegt. Du hast von Anfang an alles sorgfältig geplant. Das hätte ich dir nicht zugetraut. Darum nehme ich ja an, dass ein Mann hinter der Sache steckt, weil von alleine behältst du die Nerven nicht. Du hast einfach die Kraft nicht, die Ich-Stärke, so etwas zu planen und dann auch durchzuhalten mit dieser Eiseskälte, mit der du es tatsächlich geplant und durchgehalten hast. Freundinnen allein nützen da nichts. Da muss ein Mann im Spiel sein, einer, der strategisch plant und dich aufbaut. Zuerst der Brief. Dann die Scheidung. Dann der Auszug. Und ich bin reingefallen. Auf den Brief, auf die Scheidung, auf den Auszug. Ich habe auf den Brief hin gewartet, weil ich dachte, du wirst noch einmal darüber nachdenken. Ich habe mich scheiden lassen, weil ich dachte, das wird dich erst einmal beruhigen. Ich habe dich gehen lassen, weil ich dachte: Die kommt bald zurück. Aber du hast den Brief geschrieben und bis heute nicht darüber nachgedacht, du hast dich scheiden lassen, und es hat dich nicht beruhigt, du bist gegangen und nicht zurückgekommen. Weil das von Anfang an dein Ziel war, zu gehen. Du hast beschlossen, von mir wegzugehen, und dann hast du alles strategisch geplant und in die Wege geleitet. Du hast heimlich eine neue Wohnung gesucht. Erst als du den Mietvertrag schon unterschrieben hattest, bist du mit meinem Sohn gegangen. Eines Abends. Um sechs. Die Amseln zwitschern, die

Kohlmeisen hüpfen im kahlen Baum vor meinem Fenster herum, und seit einer Stunde putzt sich ein Gimpel sein Kleid. Angenommen, ich wäre nicht einverstanden gewesen mit der Scheidung. Was wäre dir übrig geblieben, als die Scheidung deinerseits einzureichen? Weißt du, was das geheißen hätte? Das hätte geheißen: Nachforschungen, Beweisführung, Gutachten, schmutzige Wäsche vor Gericht waschen. Einer muss schuld sein, das hätte es geheißen. Und ich habe mir nichts zu Schulden kommen lassen. Deine Schuld hätte ich aber nachweisen können. Es gibt Detektivbüros, die sind spezialisiert auf das Auffinden von Liebhabern. Es gibt psychologische Gutachten, die man vorlegen kann. Das hättest du nicht durchgestanden. Und wer hätte das alles bezahlt? Ich nicht. Strategisch geplant, kaltblütig und böswillig hast du mich verlassen. Meine Mutter hat von Anfang an gesagt: Wenn du die Resi nähen lässt, wird sie dich eines Tages verlassen. Du wirst schon sehen, hat meine Mutter gesagt, zuerst investierst du in sie, kaufst ihr eine Schneiderwerkstatt, das Bügeleisen, die Nähmaschine undsoweiter, dann wird sie selbstständig, verdient das Geld, vernachlässigt den Haushalt, und am Ende geht sie. Damals habe ich den Kopf geschüttelt und meine Mutter ausgelacht. Aber sie hatte Recht. Recht hat sie gehabt. Ich muss mich um die Heizung kümmern. Irgendetwas funktioniert nicht. Ich sitze seit ein paar Tagen im Wintermantel im Wohnzimmer. Jetzt brauche ich schon Handschuhe. Vielleicht tropft der Tank im Keller. Die Vögel haben es gut. Die brauchen keine Heizung. Die plustern sich auf, wenn ihnen kalt ist. Oder hätte ich bei der Scheidung vor dem Richter, der von vornherein auf deiner Seite war, auspacken sollen? Hätte ich ihm sagen sollen, was ich alles für dich getan habe, vom Beruf angefangen über die finanzielle Seite bis zum Hausbau? Hätte ich ihm sagen sollen, dass du dein eigenes Kind abgelehnt hast, als es an deiner Brust fast verhungert wäre? Hätte ich sagen sollen, dass du mir gar keine richtige Frau warst? Hätte ich sagen sollen, dass ich dich zwanzig Jahre lang ernährt habe und dass du dich jetzt, nachdem ich entlassen worden bin und nichts mehr verdiene, von mir scheiden lassen willst? Sie machen einen Fehler, Herr Richter, hätte ich sagen sollen, wenn Sie sich nun auf die Seite der Frauen schlagen. Das kann Sie eines Tages selbst treffen. Die Dinge können sich schnell ändern, und die Frauen entscheiden sich aus heiterem Himmel für die Scheidung. Dann stehen Sie aber da, Herr Richter, mit Ihren Auffassungen. Da werden Sie staunen, was Sie, in Ihrer Position, bezahlen müssen. Die Abfertigung, die Auszahlung wegen des Hauses, den Unterhalt für Ihre Frau und die Kinder. Da können Sie Ihrer Freundin dann nichts mehr bieten, und der Allerjüngste sind Sie nun eben einmal auch nicht mehr. Aber daran denken Sie natürlich nicht. Sie denken, Sie haben alles im Griff. Sie denken: Der Trottel mit dem roten Kopf da, der ist selbst schuld, wenn ihm seine Frau davonläuft. So eine hübsche, zarte Frau. Und er? Arbeitslos. Alkoholiker. Glauben Sie, ich weiß nicht, was Sie denken, Herr Richter? Aber wenn einer arbeitslos ist, dann heißt das nicht, dass er selbst daran schuld sein muss. Und es heißt noch lange nicht, dass er Alkoholiker ist. Der rote Kopf kommt vom Bluthochdruck, Herr Richter. Weil ich mich darüber aufrege, dass mir Unrecht geschieht. Meine Frau hat nicht das Recht, sich jahrelang von mir aushalten zu lassen und dann zu gehen. Das Sorgerecht erhält die Mutter?, haben Sie gefragt. Wissen Sie eigentlich, dass das gar nicht nach einer Frage geklungen hat, sondern bereits nach einer Feststellung. Aber es war mir ohnehin gleich klar: fast fünfzig Jahre alt, arbeitslos, Alkoholiker. So einer bekommt natürlich nicht das Sorgerecht für sein Kind. Aber die jüngere Frau kann herumbumsen wie sie will, kann sich von ihrem Liebhaber beleidigende Briefe an den Ehemann aufsetzen lassen, die dann den Ehemann aus dem Haus treiben sollen oder in den Wahnsinn, kann sich jahrelang alles bezahlen lassen, eine Schneiderwerkstatt einrichten lassen, und dann den Mann, der sein Leben lang alles für sie und den Sohn gegeben hat, böswillig verlassen, und sie bekommt trotzdem das Kind. Ja, was muss eigentlich noch alles geschehen, dass einer Frau das Kind nicht zugesprochen wird? Denken Sie an meine Worte, Herr Richter, denn eines Tages wird es auch Sie treffen. Wahrscheinlich nicht gerade die Arbeitslosigkeit, einem wie Ihnen kann wahrscheinlich gar nicht gekündigt werden, Sie haben wahrscheinlich einen Posten auf Lebenszeit, stimmt's? Aber es braucht Sie ja nur der Schlag zu treffen. Eine gelähmte Körperhälfte, ein schiefer Mund, so dass Ihnen der Sabber aus dem Mundwinkel läuft, und schon lässt Ihre Frau sich scheiden. Oder glauben Sie, sie teilt sich dann mit Ihrer Freundin die Zeit ein, wann Sie wer im Rollstuhl spazieren fährt? Alle zwei sind sie plötzlich weg, so schnell können Sie gar nicht schauen, Herr Richter. Und Sie sitzen im Rollstuhl ohne all die Sonderbezüge, die Sie vermutlich jetzt beziehen. Dreiviertel Ihres Gehalts geht für die Frau und die Kinder drauf. Oder warum, glauben Sie, dass Ihre Frau nach und nach die Arbeit in der Galerie reduziert hat? Weil es ihr zu anstrengend geworden ist? O nein. Weil sie genau weiß, dass alles, was sie selbst verdient, von der Unterhaltszahlung abgezogen wird, falls es zur Scheidung kommen sollte. Privates Pflegepersonal daheim können Sie sich dann nicht mehr leisten, Herr Richter. Da müssen Sie schon ins Pflegeheim, wo überall in den Aufenthaltsräumen Rollstühle stehen mit Männern, die aus schiefen Mündern sabbern, die ihren Urin nicht mehr halten können oder den Stuhl, die zahnlos püriertes Fleisch mampfen, während von ihren Konten monatlich der Unterhalt für die geschiedenen Frauen abgeht, die in irgendwelchen mondänen Kurorten in Konditoreien sitzen und ihr Geld verfressen. Man müsste ein Kleid erfinden wie das Federkleid der Vögel. Dann würde niemand mehr frieren. Ja, Herr Richter, daran denken Sie nicht, dass ich Erfinder bin. Arbeitslos, diese Information reicht Ihnen. Alles Schlagworte, sonst nichts. Vorurteile. Ich habe eine Werkstatt im Kellergeschoss meines selbst gebauten Hauses, da stehen meine Erfindungen. Sie müssten einmal vorbeikommen und sich das anschauen. Das würde Ihnen gefallen, glaube ich. Besonders das Segelrad, die multifunktionelle Gartenschere und der springende Schneckentöter. Schaut wie ein Kobold aus, wenn er durch die Wiese hüpft. Aber selbst wenn sie einen Geliebten hat, der sie unterstützt, woher nimmt die Resi auf einmal die Nerven? Jahrelang keine Nerven, immer das Herumgeheule wegen jedem schiefen Blick, wegen jedem kritischen Wort, und auf einmal diese Kaltblütigkeit! Ich meine, Liebhaber hin oder her, sie war am Ende ja doch mit mir allein im Haus, als ich ihr um drei Uhr früh einmal gründlich meine Meinung gesagt habe. Geschlagen habe ich sie nicht, Herr Richter, ich schlage keine Frau. Geohrfeigt habe ich sie. Das ist ein Unterschied! Zum erstenmal, seit ich sie kenne, hat sie das kaltblütig weggesteckt. Sie hat nur gesagt: Geh!, verlass das Haus!, und ich habe gesagt: Ich werde dieses Haus nicht verlassen und du auch nicht. Dann habe ich die Tür zugesperrt und mich auf einen Sessel vor die zugesperrte Tür gesetzt. Ich habe das Flackern in ihren Augen gesehen, die verengten Pupillen. Da war doch Angst in ihrem Blick. Wieso trotzdem diese Konsequenz? Ach, Herr Richter, ich erfinde uns ein Federkleid, und wenn es dann auch bei Ihnen soweit ist, Sie wissen schon, Schlaganfall, Sabber undsoweiter, dann kommen Sie zu mir. Wir setzen uns hinunter in meine Werkstatt und trinken erst einmal einen Schluck. So ein guter Schluck wird uns schon nicht umhauen. Meine erste Erfindung habe ich als Schüler gemacht. Einen automatischen Schuhanzieher. Na ja, was man sich als junger Mensch so ausdenkt. Da hat man den Schuh nur in eine nach Größe verstellbare Form legen müssen und sich dann daraufstellen. So ähnlich wie bei den Schibindungen heute. Ich habe damals einen Preis dafür gewonnen. Wissen Sie was, Richter? Wir tun uns einfach zusammen. Ich schiebe Sie herum in Ihrem Rollstuhl, das macht mir gar nichts aus. Bei schönem Wetter schiebe ich Sie in den Garten. Dort lassen Sie sich die Sonne auf die Nase scheinen und beobachten die Kohlmeisen und die Gimpel, wie sie herumhüpfen und sich putzen im kahlen Baum. Oder wir sitzen im Wintergarten und trinken Tee, während draußen der Schnee in großen Flocken fällt. Ich flöße Ihnen den Tee auch ein, wenn Sie das nicht mehr selbst schaffen. Sie müssen nur den Kopf ein wenig zur Seite legen, sehen Sie. Vielleicht wären wir Männer ohnehin das bessere Pflegepersonal. Die Frauen leiten davon ja nur ihre Macht ab. Denken Sie nur an Lainz, Herr Richter. Wollen Sie so enden? Bei der Mundpflege erstickt? Da ist es doch besser, Sie kommen zu mir. Ich tue Ihnen bestimmt nichts. Wir sitzen im Wintergarten, trinken Tee und erzählen uns etwas aus dem Berufsleben. Sie haben als Richter doch bestimmt eine Menge gehört. Hatten Sie einmal einen echten Serienmörder vor sich? Stimmt es, dass Serienmörder als Kind Bettnässer waren? Die Amerikaner behaupten das: Bettnässer, Tierquäler und später harte Pornografie. Sado-Maso. Das ist schon irre: immer alle drei Faktoren bei Serienmördern, aber einer der Faktoren allein trifft fast auf jeden zu. Waren Sie Bettnässer, Herr Richter? Vorstellen könnte ich es mir. Jetzt sind Sie es jedenfalls. Aber das liegt am Schlaganfall. Macht nichts, keine Sorge: Wir haben jede Menge Bettwäsche. Meine Frau hat fast nichts mitgenommen, als sie gegangen ist. Als ich das letztemal spazieren gegangen bin, habe ich gesehen, wie eine Gruppe von Enten eine schwächere Ente umgebracht hat. Zuerst wollte ich weitergehen, weil ich gleich so ein blödes Gefühl gehabt habe, wie ich gesehen habe, wie die immer wieder auf die eine Ente hinpicken. Aber dann hat es mir doch keine Ruhe gelassen. Ich wollte wissen, ob sie die eine Ente vielleicht doch nur verjagen wollen, weil sie beispielsweise im falschen Revier herumschwimmt. Oder ob es um ein Weibchen geht. Ich habe mich auf eine Bank gesetzt. Es hat drei Stunden gedauert, bis sie tot war. Die konnten die Ente nicht schneller umbringen, wahrscheinlich sind die Schnäbel der Enten zu stumpf dafür. Sie muss letztlich vor Erschöpfung ertrunken sein. Drei Stunden! Seitdem bin ich nicht mehr spazieren gegangen. Ich will das alles nicht sehen. Da bleibe ich lieber daheim, setze mich in den Wintergarten und trinke Tee. Eine seltsame Stimmung herrscht jetzt oft. Gedämpfte Geräusche. Verblasste Farben. Fahles Licht. Das kommt mir alles so bekannt vor. Als ob der Südpol abschmelzen würde. Sturzbäche bevorstünden. Braune, schlammige Wassermassen. Sie haben es sicher nicht leicht gehabt in Ihrem Beruf. Nichts als Morde und Scheidungen. Ich erzähle Ihnen lieber etwas über Außenlifte. Nein, das ist gar nicht so langweilig, wie Sie vielleicht glauben. Wir hatten einmal einen arabischen Kunden, der hat für seine Frauen einen Außenlift mit geschnitztem Holz bauen lassen. Wenn man darinsaß, konnte man durch die feinen Schnitzereien hinausschauen, aber niemand konnte hineinschauen. Ich bin damals selbst mit dem Heli, einem ehemaligen Kollegen, ins Emirat geflogen, und wir haben den Lift montiert. Und von überall hinter den ebenfalls holzgeschnitzten Fensterläden haben uns dunkle Blicke verfolgt. Das hat man direkt gespürt. Haben Sie schon einmal einer arabischen Frau in die Augen geblickt, Herr Richter? Nein? Sie müssen sich das so vorstellen: Sie sehen nichts von der Frau als die Augen. Alles andere ist ja verhüllt von diesen weiten, wallenden Kleidern aus weichen Stoffen. Nur die Augen sehen Sie. Und darin ist eine Glut, sage ich Ihnen! So etwas kennen unsere Frauen gar nicht. So ein Feuer. So eine Direktheit. So ein Versprechen. Wir könnten einmal hinfliegen, wir beide. Was Sie an Geld für das Pflegepersonal sparen, weil Sie bei mir wohnen, das hauen wir dort unten auf den Putz. Wir fliegen um die Welt, schauen uns alles noch einmal an, bevor es zu spät ist. Vielleicht bleiben wir eine Weile im Orient. Dort ist ja dieses Drittel von Ihrer Rente immer noch unheimlich viel wert. Dort leben wir wie die Könige von dem Drittel. Wir lassen uns die Wasserpfeifen bringen und die Frauen, wenn wir Lust haben, und wenn wir keine Lust mehr haben, dann lassen wir alles abservieren. Denn das passiert uns nicht noch einmal, Richterchen, dass wir uns festlegen lassen und binden und Verantwortung übernehmen und dann bezahlen bis an unser Lebensende, selbst wenn uns längst der Schlag getroffen hat, damit die Frauen, die wir ein Leben lang ernährt haben und die uns verlassen haben, als wir ihnen nicht mehr von Nutzen waren, sich vollfressen können in den Feinschmeckerlokalen auf Mallorca, behangen mit dem Schmuck, den wir ihnen einmal geschenkt haben. Nein, Richter, auch keine Geliebten. Viel zu kostspielig, viel zu mühsam. Wir brauchen nichts. Ich erfinde uns das Vogelkleid, wir setzen uns ins Geäst und plustern das Gefieder. Die Köpfe in der klaren, frischen Winterluft. Uns wird nicht kalt, wir fetten unser Gefieder täglich frisch ein. Und wenn wir ein wenig üben, Richter, dann lernen wir zu tirilieren. Wir recken die Köpfe und jubeln gegen den Himmel. Oder wir fliegen nach Kenia. Safari Lodge *Ernest Hemingway*. Dort wollte ich schon immer einmal hin. Da ziehen, während Sie Ihr Champagnerfrühstück einnehmen, die Elefanten vorbei. Oder wir durchqueren die Wüste Gobi. Da brauchen Sie keinen Rollstuhl. Wir binden Sie auf ein

Kamel, und los geht's. Den Katheter lassen wir daheim, denn in der Wüste schwitzt man bekanntlich die ganze Flüssigkeit raus. Oder wir fliegen an die Elfenbeinküste, wo sie angeblich einen Außenlift aus purem Gold wollten. Aber unsere Firma hat abgelehnt. Offiziell hat es geheißen: aus ethischen Gründen. Wo doch in Afrika Menschen verhungern und verdursten. Aber in Wirklichkeit war ihnen der Auftrag garantiert zu riskant. Aus purem Gold! So etwas kann leicht schief gehen. Niemand lehnt einen Auftrag wirklich aus ethischen Gründen ab, das können Sie mir glauben, Richter. So etwas ist mir noch nie untergekommen. Dahinter steckt immer etwas anderes. Eine Kalkulation, eine offene Rechnung, eine Angst. Deshalb glaube ich ja, dass die Resi einen Geliebten hat. Denn etwas steckt immer dahinter: ein größeres Atelier, ein moderneres Haus, ein schönerer Garten, ein reicherer Mann oder ein jüngerer. Aber sie wird sich noch wundern. Kein Mann kann mit dieser Frau glücklich werden, Herr Richter, keiner. Ja, Sie haben nur die hübsche Fassade gesehen. Was Sie nicht sehen konnten, ist das Innere: die Kälte, die Lieblosigkeit, die Unfähigkeit, ein Kind aufzuziehen, einen Mann zufrieden zu stellen, ein Haus in Ordnung zu halten, einen Garten zu bestellen. Ohne mich, Herr Richter, hätte diese Frau völlig isoliert dagestanden. Und was sie in all den Jahren unserer Ehe von den anderen Menschen isoliert hat, das wird sie auch in aller Zukunft von ihnen isolieren. Nach einer gewissen Anfangszeit, in der ihr alle helfen werden, die so wie Sie denken: so eine hübsche, zarte Frau. Aber alle werden nach einer Weile genug haben von dieser zarten, hübschen Frau, die immer nur Hilfe braucht und selbst nichts kann. Denn das menschliche Zusammenleben beruht, wie Sie, Herr Richter, wohl am besten wissen, auf Gegenseitigkeit. Wer immer nur nimmt und nichts gibt, ist auf Dauer genauso isoliert wie der, der nur gibt und nichts nehmen kann. Es gehört eben beides zusammen. Ich schiebe Sie im Rollstuhl herum, und Sie finanzieren dafür unsere Afrikareise. Oder kämen Sie auf die Idee, sich ein Leben lang umsonst herumschieben zu lassen? Ja, ja, die Vögel. Da denkt man, die kennen kein Zusammengehörigkeitsgefühl. Sitzen stundenlang im Baum und putzen ihr Kleid oder baden im Staub, aber wenn die Zeit kommt, dann sammeln sie sich in hohen alten Bäumen und auf ganz bestimmten kahlen Feldern, und treten gemeinsam ihre Reise an. Sollte Ihnen der Flug nach Afrika zu beschwerlich sein, Richter, so kurz nach Ihrem Schlaganfall, dann fliegen wir halt nur ein Stück nach Norden. Da bläst immer ein Wind, der trägt uns. Im Norden oben habe ich auch einmal einen Auftrag ausgeführt: ein Außenlift aus Glas. Der hätte Ihnen gefallen. War sogar rollstuhlgerecht. Der Auftraggeber war ein ehemaliger Kapitän. Der Lift ging zu seiner Dachterrasse, eine Art Ausguck auf das Meer. Als er montiert war und ich zum erstenmal mit dem Kapitän hinaufgefahren bin, und wir dann nebeneinander am Eisengeländer der Dachterrasse gelehnt und über das Meer geschaut haben, das zu der Zeit – es war Ebbe – gerade weit draußen am Horizont wie ein Silberstreifen geleuchtet hat, und davor war diese weite Fläche feuchter, brauner Schlamm, der in der Sonne richtiggehend gefunkelt hat und auf den sich immer wieder die Möwen gestürzt haben auf der Suche nach Krabben und kleinen Fischen, da habe ich gedacht, hier könnte ich auch leben. Jeden Tag der weite Blick über das Meer, Ebbe und Flut, das Kommen und Gehen, der Wind, der die Möwen in die Höhe schleudert und abstürzen lässt. Eine Luft wie Champagner. Wenn der Wind über die Dächer fährt oder an den Fahnenmasten zerrt, dann meint man Töne zu hören oder Melodiefetzen. Ach, mein Richter, wir könnten tagelang mit dem Lift aus Glas hinauf- und hinunterfahren, auf das Meer schauen, das daläge, silbern oder grau, grün, blau oder braun, je nach Wetter, und es höbe und senkte sich jeweils im Gegenzug zu unserer Liftfahrt. Wir könnten von der Terrasse aus die Sonnenaufgänge sehen und die Sonnenuntergänge, die Dämmerung und die Nacht, die Mittagssonne und die Regenwolken, die Flaute und den Sturm, wie er sich sammelt. Oder wir würden von der Terrasse aus abheben und uns weit in den Himmel tragen lassen vom Wind, um uns dann, gemeinsam mit den Möwen, hinabzustürzen in den braunen Schlamm. Meine Mutter hatte bestimmt einen Liebhaber, Herr Richter. Als mein Vater schon im Sterben lag, behaupteten meine Schwestern einmal, etwas in der Waschküche gehört zu haben. Ich bin hinuntergestiegen mit einem Besen in der Hand. Und als ich die Türe zur Waschküche öffne, sehe ich die Mutter auf dem hölzernen Waschtisch liegen. Mit gefalteten Händen. Über dem Waschtisch mitten im Waschküchenfenster hat der Mond gestanden, eine scharfe, weiße Sichel. Das ist doch nicht normal, Herr Richter. Aber so sind die Frauen alle, und am Ende werden ihnen die Kinder zugesprochen, und die Männer müssen zahlen oder sterben. Der einzige Mörder, der Sie als Richter hatte, war fast noch ein Kind? Kommen Sie, erzählen Sie. Bettnässer, sehen Sie, Tierquäler! Von sadomasochistischer Pornografie wissen Sie nichts? Tötungsdelikt als Folge eines Raubüberfalls? Die Handtasche einer alten Oma, die dann unglücklich gestürzt ist? Aber das ist ja kein Serienkiller. Da müssen nicht alle drei Faktoren zusammenkommen, damit einer eine alte Oma beraubt. Da reichen schon geschiedene Eltern. Schlüsselkind. Verwahrlosung. Die Resi hat immer gesagt, dass wir uns als Männer gar nicht vorstellen können, wie das ist als Frau. Wenn man immer aufpassen muss, abends, wenn man von der Straßenbahn nach Hause geht, oder sogar am helllichten Tag, beim Joggen. Immer müsse man im Auge haben, ob einem so ein Kerl folge, hat sie gesagt. Wir seien eine ständige Behinderung ihres Lebens. Im Restaurant, beim Spazierengehen, auf Reisen. Ihr seid uns nun einmal physisch überlegen, hat sie gesagt. Das war die einzige Tatsache, die die Resi anerkannt hat. Und die hat sie nicht verkraftet. Es läge wie ein Schatten auf ihrem Leben, hat sie einmal gesagt, dass fast jeder Mann sie töten könnte. Ich bin müde, Richter, Sie auch? Kommen Sie, ich schiebe Sie in das Wohnzimmer, Sie dösen in Ihrem Rollstuhl, und ich rolle mich ein bisschen auf der Couch zusammen. Hier, nehmen Sie meinen Mantel. Es ist kalt, seit die Heizung kaputt ist. Eine Frage hätte ich noch, bevor Sie wegdösen: Kennen Sie den Liebhaber Ihrer Frau? Sie glauben nicht, dass sie einen Liebhaber hat? Niemand will es glauben von seiner Frau und Mutter. Womöglich überlegen Sie nun schon seit Jahren, ob Sie Ihrer Frau von der Existenz Ihrer Geliebten erzählen sollen. Womöglich werden sie immer riskanter für Sie, die vorgetäuschten Richterkongresse und Geburtstagsfeiern, die angeblichen Stammtischbesuche und Seminare. Sie meinen, neuerdings so einen spöttischen Blick in den Augen Ihrer Frau entdeckt zu haben? Und immer noch zögern Sie, ihr von der Geliebten zu erzählen? Nur zu, Richter, sonst kommt sie Ihnen zuvor und tischt Ihnen einen Liebhaber auf, dass Ihnen Hören und Sehen vergeht. Sie glauben doch wohl nicht, Ihre Frau hätte Ihre Eigenleben akzeptiert, wenn sie nicht längst ihrerseits einen Geliebten hätte? Und selbst mit Geliebten wird sie es noch fertig bringen, Ihnen das zu verderben, was sie selbst tut. Auf einmal häufen sich dann die Verwandtenbesuche, die Kinder brauchen Sie wie nie zuvor, und Sie finden sich selbst das Haus und die Kinder hüten, während Ihre Frau das Wochenende über mit ihrem Geliebten verreist. Sollten Sie aber einmal eine Nacht nicht nach Hause kommen, finden Sie Ihre Frau in Tränen aufgelöst vor, und das Wort Scheidung fällt. Und bei einer Scheidung, das wissen Sie besser als ich, sind Sie der Verlierer und niemand sonst. Ach, lassen Sie uns fliegen, egal wohin. Lassen Sie uns die Sonne ins Gefieder scheinen, und die Federn sollen aufblitzen in den Farben des Regenbogens. Lassen Sie uns unser Nest selbst bauen, hoch im Wipfel eines tropischen Baumes, wo wir sicher sind vor den Nesträubern. Und in der Zeit, in der das Wasser steigt und den Regenwald überschwemmt, so dass die Wipfel der niedrigen Bäume unter der Wasseroberfläche verschwinden und die Fische durch den Urwald schwimmen, da sind wir, so hoch oben, gerettet. Wir fliegen mittags los, lassen uns tragen von einer leichten Brise und schauen hinunter auf die wasserdurchfluteten Wälder und auf die schimmernden Flächen.